奇洛　　哈皮　　阿春渥渥　　长老　　巴乌瓦

致小读者

在故事中发现自己
在笑声中爱上自主阅读

儿童阅读推广人　周　莉

　　亲爱的小朋友,你手中这本图文搭配的书称为"桥梁书"。也许以前你主要是听爸爸妈妈讲图画书,现在,这座"桥梁"将会带你慢慢从图大、文字少的图画书过渡到文字更多的读物,你将会从"听"书慢慢过渡到自己真正地"读"书。

　　这套桥梁书的故事主人公——可爱的小白狗奇洛可绝对绝对不是完美小孩儿,相反,他完全就是一个小顽童的化身。

　　他顽皮淘气,会撒泼耍赖,喜欢搞小恶作剧,却也懂得知错就改;他积极乐观不服输,偶尔会有一点点自私,却也最懂得守护正义,并把快乐带给身边的人;他对美食毫无抵抗力,上台表演之前会紧张得不得了,但总能从朋友那里获得信心和勇气……

　　没错,奇洛就像你,像你的同学,像你的好朋友。他并不完美,却因此更加真实。读奇洛的故事,你能看到自己和小

伙伴的身影，你能读到自己羞于说出口的小心思，也一定会重新去认识陪伴在身边的家人和朋友——那些或快乐或忧伤的时刻，是他们给了我们温暖和力量。

奇洛的故事充满了想象力：贪吃的奇洛像气球一样飘到空中去历险，让人为他捏一把汗；下雨天，他和硕大的青蛙赛跑，玩儿得满身泥巴，使无聊的雨天变得妙趣横生；圣诞老人不但给孩子们送礼物，他的脑袋里还装满了超有挑战性的绕口令呢（是呀，是呀，你一定也盼望和圣诞老人来一场面对面的绕口令大赛吧）……

读这些好玩儿的故事，你会发现，咦，怎么不知不觉又看完了一本书？！是的，虽然桥梁书的文字比图画书的要多一些，但是阅读这样精彩的故事，又有漂亮的插图渲染氛围，慢慢地，你会发现自己读书并不是一件困难的事。

这样，你不再需要爸爸妈妈讲读，自己就能独立看书了。你可以按照自己的步调，读完一段文字，停下来欣赏欣赏插图；遇到陌生的词汇，停下来猜一猜它的意思；看到好玩儿的情节，先笑一会儿再说……我的阅读我做主，这是多棒的一件事呀！

愿你从奇洛的故事开始，发现独立阅读的乐趣，在浩瀚书海中尽情遨游！

·有你的365天·

神奇许愿花

[日]渡边裕美/著　纪　鑫/译

小白狗奇洛和四个伙伴住在公园里，他们组成汪汪巡逻队，一起守护着公园的安全。

春天到了,公园里的花儿都盛开了。

阿春婆婆和小精灵们忙着编织三叶草王冠。

巴乌瓦正在为公园里的长椅重新涂刷油漆。

长老正在为花呀、树呀做健康体检。

奇洛和哈皮在巡逻。

春天,到处都生机勃勃的,奇洛一会儿瞅瞅花儿,一会儿瞧瞧蝴蝶,根本没办法专心巡逻。

哈皮拔出一棵草,做了一支草笛,吹给奇洛听。

"啊,真好听!我也要试试!"

哈皮把草笛递给奇洛,说:"奇洛,不能只想着玩儿,要好好巡逻哟!"

"好的!"奇洛开心极了,"哔哔"地吹着草笛,开始巡逻。

听到笛声,一个小男孩儿跑过来。

"也帮我做一个吧!"

"没问题!"

哈皮给小男孩儿做了一支草笛。

小男孩儿的草笛跟奇洛的草笛发出的声音不一样。

噼、噼——哔、哔哔——

噼噼——哔哔——

噼哔噼哔噼哔噼哔——

噼噼噼噼——哔哔哔哔——

奇洛和小男孩儿你一声、我一声，吹着草笛。

喜欢音乐的哈皮马上和着笛声作了一首曲子，弹着吉他来伴奏。

奇洛、哈皮和小男孩儿一边演奏一边继续在公园里巡逻。

孩子们被他们的演奏吸引,一个、两个,纷纷围了过来。

　　大家拿着各种各样的东西当乐器。

　　巴乌瓦提着空空的油漆桶,也加入了队伍。

小桶、布丁杯、果酱瓶、装有沙子的塑料瓶、超市购物袋,都变成了乐器。

大家聚在一起可真热闹,
就像狂欢节的游行队伍。

小精灵们看到了,摇身一变,成了一只只蝴蝶。

　　他们轻轻飞过来,给大家戴上三叶草王冠。

　　一瞬间,奇迹出现了!

小精灵们施展魔法,把大家的衣服变成了节日盛装,手中的物品也变成了真的乐器。

虽然有的乐器大家既没见过也没用过,但竟然都能演奏得悦耳动听。

大家正投入地演奏着,突然听到了阿春婆婆的喊声。

"不得了啦!"

"肯定出事了!"

"哎呀——!"

大家赶紧循着声音跑过去。

"哎,大家快来看哪!你们见过这么漂亮的花吗?"

阿春婆婆发现了一种稀奇的花,她兴奋极了,忍不住就大声喊了起来。

原来是这样啊!

虚惊一场,大家放下心来,气喘吁吁地倒在了地上。

不过,这种闪闪发光的花,谁也没见过呢!

"奇洛,你去把长老请来吧!"巴乌瓦建议。

奇洛跑去跟长老这么一说,长老急忙赶了过来。

他从包里掏出一本厚厚的书,快速翻动书页,查找这种花的信息。

"找到了!"

暗撒喜乐之花

(闪光许愿花科)

株高……10厘米~20厘米

花期……3月~5月

    闪光许愿花科的花儿非常稀有,难得遇见。"暗撒喜乐之花"在古代被发现以后就再没出现。这种花有三片花瓣,每片都有神奇的魔力——可以实现一个愿望。如果利用这个魔力来

许愿方法

把花瓣托在手掌心,一边在心里默默地许下愿望,一边用力吹气,把花瓣吹飞。

种子

花蕾

花仙子

做坏事,花朵可以感知到,并马上枯萎。因此,传说这种花极难长大,只能在花仙子选中的地方生长。

听了长老的解释,大家都激动起来。

"哇——!"

"真——神奇!"

"愿望要实现喽!"

大家脑袋里装满了各种各样的愿望。

最希望实现的愿望第一个冒了出来。

可是,花瓣只有三片,只能实现三个愿望啊!

大家都想实现自己的愿望,都希望别人能放弃许愿。

女孩子们怒气冲冲地你瞪着我,我瞪着你。

男孩子们早就扭打在了一起!

哎呀,简直不敢相信!刚才大家还那么和和气气、开开心心的呢……

阿春婆婆焦急地说:"请大家别再闹啦!"

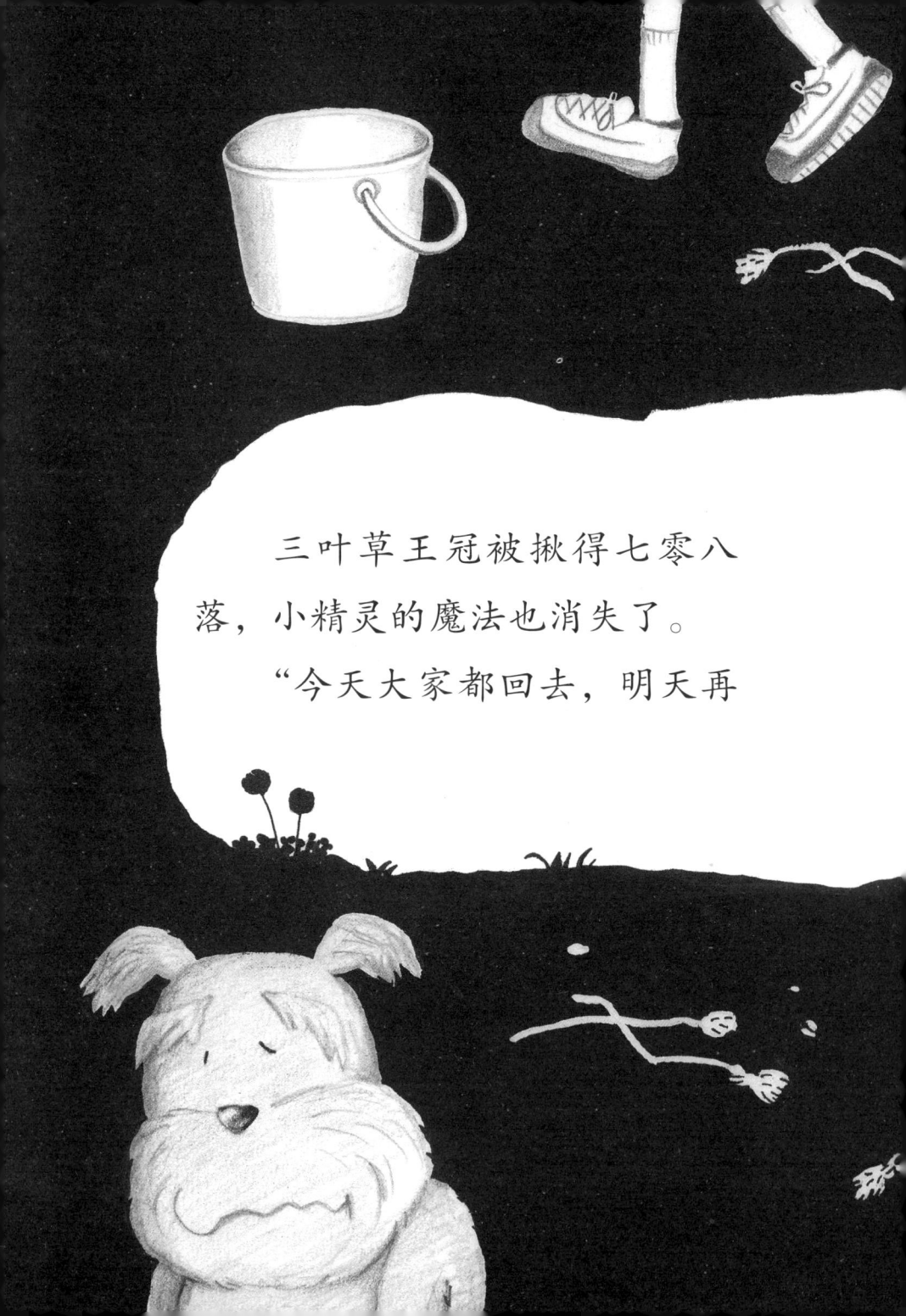

三叶草王冠被揪得七零八落，小精灵的魔法也消失了。

"今天大家都回去，明天再

一起商量吧!"长老说。

大家决定由小精灵们留下来,照看许愿花。

大家离开后,花仙子从许愿花里现身了。

小精灵们把今天的麻烦事讲了一遍,跟花仙子商量该怎么办。

花仙子说:"我选择让许愿花在这儿盛开,是因为这是一个美好的地方。如果大家因为这件事闹得不开心,那可不好。我有一个好主意,可以帮你们解决问题!"

那天夜里,每个吵过架的小朋友都睡不着了。

本来,参加热热闹闹的狂欢游行和乐队演奏,大家玩得那么开心,后来却跟好朋友吵起架来,心里真别扭!

奇洛虽然没有参与吵架,但是也一直翻来覆去睡不好。

因为他太想实现自己的愿望啦,而且这个念头越来越强烈。

1. 从奇洛的脑袋里钻出一个迷迷糊糊的东西。

真想开一间甜品屋……

2. 迷迷迷迷 糊糊糊糊

3. 快快起床！

4. 迷迷迷 糊糊糊

5. 迷迷糊糊正好罩在了奇洛身上。

6. 这样，谁都看不到你的模样啦！

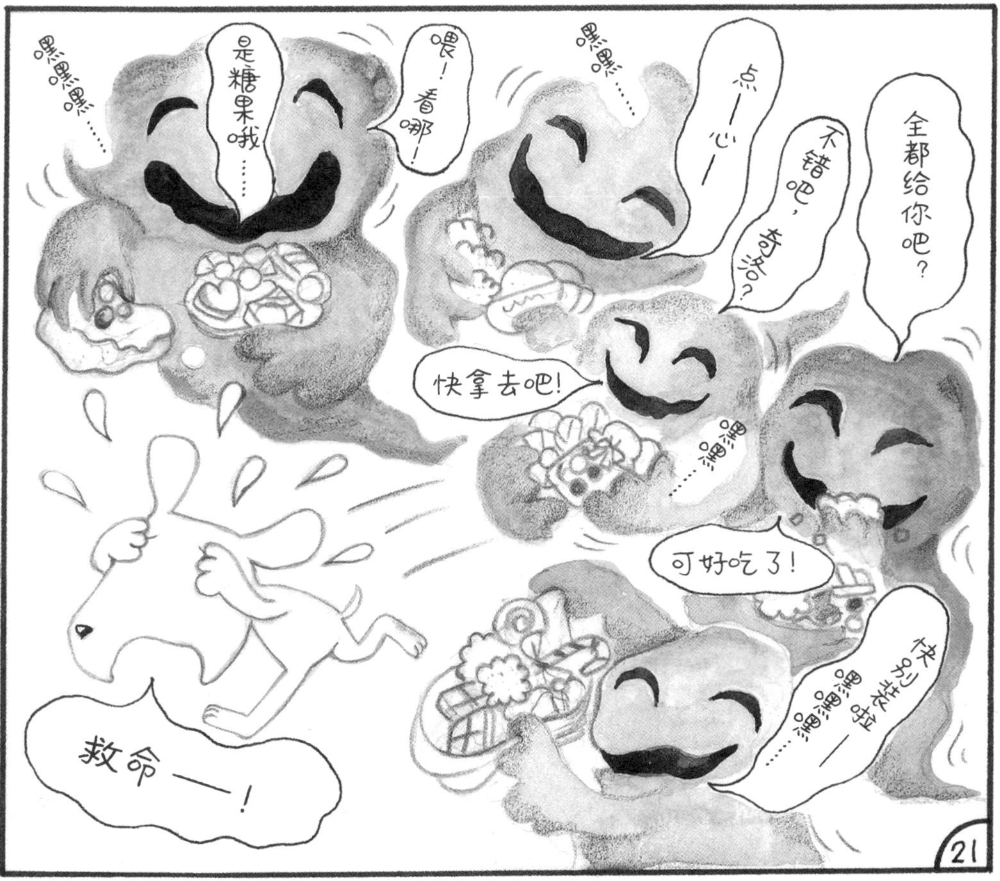

奇洛猛地坐起来。

从没做过这么可怕的梦!

"啊——,太可怕了!都是因为那朵花,不要再想啦!"

奇洛晕乎乎地走出小屋。
大家已经围在许愿花周围了。

奇洛挤进去,看了看许愿花。

"啊?!"

许愿花已经不像昨天那样闪闪发光了!花瓣变成棕色,已经枯萎了。

虽说不再想了,可看到凋谢的许愿花,奇洛还是很失落。

可是,不知为什么,大家竟然都笑眯眯的。

"怎么回事?"奇洛摸不着头脑。

蹲在地上的阿春婆婆站起来。

她向奇洛摊开双手,说:"来来来,你瞧,许愿花结出了这么多漂亮的种子!"

"等许愿花的种子都发芽、开花，我们的愿望就全部都能实现啦！"哈皮兴奋地说。

"不过，可不是那么简单哟！"长老提醒。

小精灵们七嘴八舌地说:

"花仙子教给我们啦……"

"让花儿盛开的方法……"

"大家要一起合作……"

"不可以吵架……"

"要友爱,互相帮助,开开心心的……"

"这样才会开满许愿花!"

小精灵们变成一朵朵许愿花,绕着大家飞来飞去。

听了小精灵的话,大家不约而同地点点头。

大家明白了,重要的不仅仅是自己的愿望,每个人的愿望都实现了才是最开心的呀!

接下来,公园里的小伙伴们一起垒花坛,撒种子。

大家都期待着许愿花快点儿盛开,也祈愿公园里永远快快乐乐……

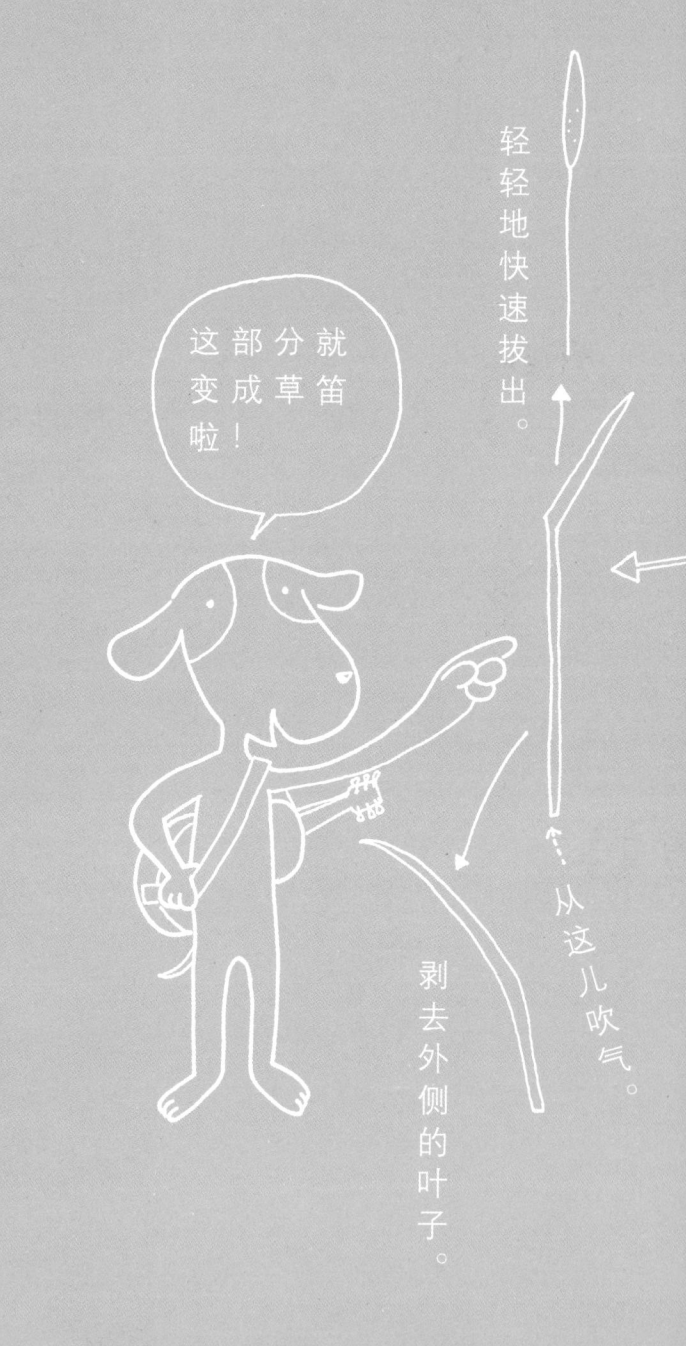

故事大王小讲堂

一双发现美的眼睛

亲爱的小朋友,你喜欢植物吗?

说起植物,你脑海中可能会出现绿色的森林,你可能会想起路旁低矮的灌木丛,或者五颜六色的花海。那么,如果让你具体说说某种特定的植物,你知道怎样描述吗?

"植物?我很熟悉啊。比如大树,有叶子,有树干,有树枝。"呃……好吧,你说的也对。不过,描述得更详细一点儿呢?

"叶子是绿色的,树干粗粗的。"说得不错。如果让我根据这句话来画一棵大树,我倒是也能画个差不多了。但要想画得更细致,还需要你给出更详细的描述。

有点为难了,是吧?虽然是平时很熟悉的事

物，可是真要细致地描绘出来，还真是不好办！为了避免遇到这样的难题，我来给你出个好主意吧——留意观察身边的事物，注意细节。

也许你对身边的一草一木很熟悉，可是当你仔细去观察，你会发现，你以前对它的认识可能只是停留在"大树有叶子、有树干、有树枝"的阶段。摸摸树干，你会感受到树皮的粗糙；放大镜下，你会看到树叶密密麻麻的叶脉；剥开果实，你会发现小巧玲珑的种子……

世界上不缺少美，缺少的是发现美的眼睛。用心观察身边的事物吧！

儿童阅读推广人　周　莉

图书在版编目（CIP）数据

有你的365天.1，神奇许愿花/(日)渡边裕美著；纪鑫译. -- 青岛：青岛出版社，2019.2
ISBN 978-7-5552-5733-2

Ⅰ.①有… Ⅱ.①渡… ②纪… Ⅲ.①童话-作品集-日本-现代 Ⅳ.①I313.88

中国版本图书馆CIP数据核字(2018)第054850号

KOUEN NO SHIRO HARU NO HANA
by Hiromi Watanabe
copyright © 2003 Hiromi Watanabe
All rights reserved.
Original Japanese edition published in 2003 by POPLAR Publishing Co., Ltd.
Simplified Chinese translation rights arranged with POPLAR Publishing Co., Ltd.
through Beijing Kareka Consultation Center.

山东省版权局著作权合同登记号　图字：15-2017-166号

书　　名	有你的365天
分册书名	神奇许愿花
著　　者	[日]渡边裕美
译　　者	纪　鑫
出版发行	青岛出版社
社　　址	青岛市海尔路182号（266061）
本社网址	http://www.qdpub.com
邮购电话	0532-68068091
责任编辑	周　莉（邮箱：653306801@qq.com）
特约编辑	张姗姗
照　　排	青岛竖仁广告有限公司
印　　刷	青岛乐喜力科技发展有限公司
出版日期	2019年2月第1版　2023年2月第6次印刷
开　　本	32开（890mm×1240mm）
印　　张	18
字　　数	300千
书　　号	ISBN 978-7-5552-5733-2
定　　价	160.00元（全8册）

编校印装质量、盗版监督服务电话　4006532017　0532-68068050

本书建议陈列类别：儿童文学·桥梁书

致小读者

在故事中发现自己
在笑声中爱上自主阅读

儿童阅读推广人　周　莉

亲爱的小朋友，你手中这本图文搭配的书称为"桥梁书"。也许以前你主要是听爸爸妈妈讲图画书，现在，这座"桥梁"将会带你慢慢从图大、文字少的图画书过渡到文字更多的读物，你将会从"听"书慢慢过渡到自己真正地"读"书。

这套桥梁书的故事主人公——可爱的小白狗奇洛可绝对绝对不是完美小孩，相反，他完全就是一个小顽童的化身。

他顽皮淘气，会撒泼耍赖，喜欢搞小恶作剧，却也懂得知错就改；他积极乐观不服输，偶尔会有一点点自私，却也最懂得守护正义，并把快乐带给身边的人；他对美食毫无抵抗力，上台表演之前会紧张得不得了，但总能从朋友那里获得自信和勇气……

没错，奇洛就像你，像你的同桌，像你的好朋友。他并不完美，却因此更加真实。读奇洛的故事，你能看到自己和小伙伴的身影，你能读到自己羞于说出口的小心思，也一定会重新去发现陪伴在身边的家人和朋友——那些或快乐或忧伤的时刻，是他们给了我们温暖和力量。

奇洛的故事充满了想象力：贪吃的奇洛像气球一样飘到空中去历险，让人为他捏一把汗；下雨天，他和硕大的青蛙赛跑，玩得满身泥巴，无聊的雨天也妙趣横生；圣诞老人不但给孩子们送礼物，他的脑袋里还装满了超有挑战性的绕口令呢（是呀，是呀，你一定也盼望和圣诞老人来一场面对面的绕口令大赛吧）……

读这些好玩儿的故事，你会发现，咦，怎么不知不觉又看完一本书？！是的，虽然桥梁书的文字比图画书更多一些，但是阅读这样精彩的故事，又有漂亮的插图渲染氛围，你会觉得好像自己也来到了故事中。慢慢地，你会发现自己读书并不是一件困难的事。

你不再需要爸爸妈妈讲读，自己就能独立看书了。你可以按照自己的步调，读完一段文字，停下来欣赏欣赏插图；遇到陌生的词汇，停下来猜一猜它的意思；看到好玩的情节，先笑一会儿再说……我的阅读我做主，这是多棒的一件事呀！

愿你从奇洛的故事开始，发现独立阅读的乐趣，在浩瀚书海中尽情遨游！

·有你的365天·

雨天真好玩

[日]渡边裕美/著　　纪　鑫/译

小白狗奇洛与四个伙伴住在公园里，他们组成汪汪巡逻队，一起守护着公园。

下雨天,孩子们都没出来玩耍。雨中的公园静悄悄的。

"前天、昨天、今天,都下雨!"奇洛小声地抱怨。

住在公园里的小精灵们也无精打采的。

哈皮正在作曲，歌名是《雨中的公园》。

巴乌瓦穿着雨衣，给长椅做安全检查。

长老去镇子上了。阿春婆婆忙着打扫小屋。

奇洛在桌子底下做泥巴丸子。

从下雨那天开始,奇洛每天都做一个泥巴丸子。

每个泥巴丸子都做得非常漂亮。

尽管这样,奇洛的表情还像下雨的天空一样,阴沉沉的。

"一个、两个、三个、四个、五个……今天又是下雨天,已经连续下了五天啦,真没劲!"

奇洛一边摆放着泥巴丸子一边自言自语。

这时,不知从哪儿传来一个爽朗的声音。

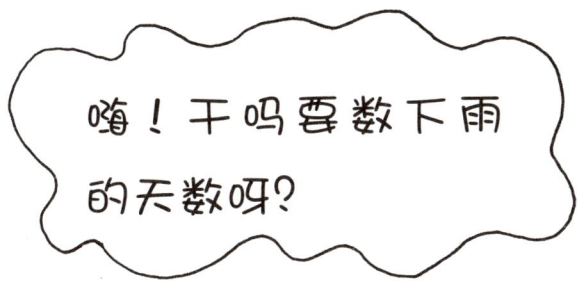

嗨!干吗要数下雨的天数呀?

奇洛往四周看了看,周围没别人哪!

奇洛从桌子下探出头来找了找,什么也没有哇!

他钻回桌子下,叽叽咕咕地说:"哎呀,淋湿了!"

这时,那个声音又响起来:

下雨天嘛,当然会淋湿喽……

就算玩儿得满身泥巴,也很有意思呀!

奇洛冲着声音传来的方向问:

"满身泥巴?我满身泥巴会是什么样儿呢?"

奇洛想象着自己满身泥巴的模样。

这时,"吧嗒"一声,什么东西从桌子上掉了下来。

原来是一只粘在桌边的蜗牛。

刚才就是这只蜗牛在说话。

"别光想不做呀,跟我来吧!"

别看这只蜗牛个头儿不大,脾气可不小呢!

他在雨中全速蠕动起来。

拼命前进了一会儿，蜗牛有些累了，他停下来，回头看了看。

哎呀呀，虽然那么用力地爬，可前进的距离居然只有奇洛尾巴的三倍长！太令人沮丧了！

而且，原以为奇洛已经跟上来了，可他竟然还在桌子底下，一动都没动呢！

"我说,快跟上来嘛!"蜗牛气哼哼地催促。

奇洛只好撑着伞,来到外面。

蜗牛又开始拼命向前爬,可位置并没有多少改变。

奇洛忍不住说:"这个速度,根本就是原地踏步嘛!"

这可惹恼了蜗牛。

"哼!现在怎样?"

蜗牛竟然变成了小青蛙!

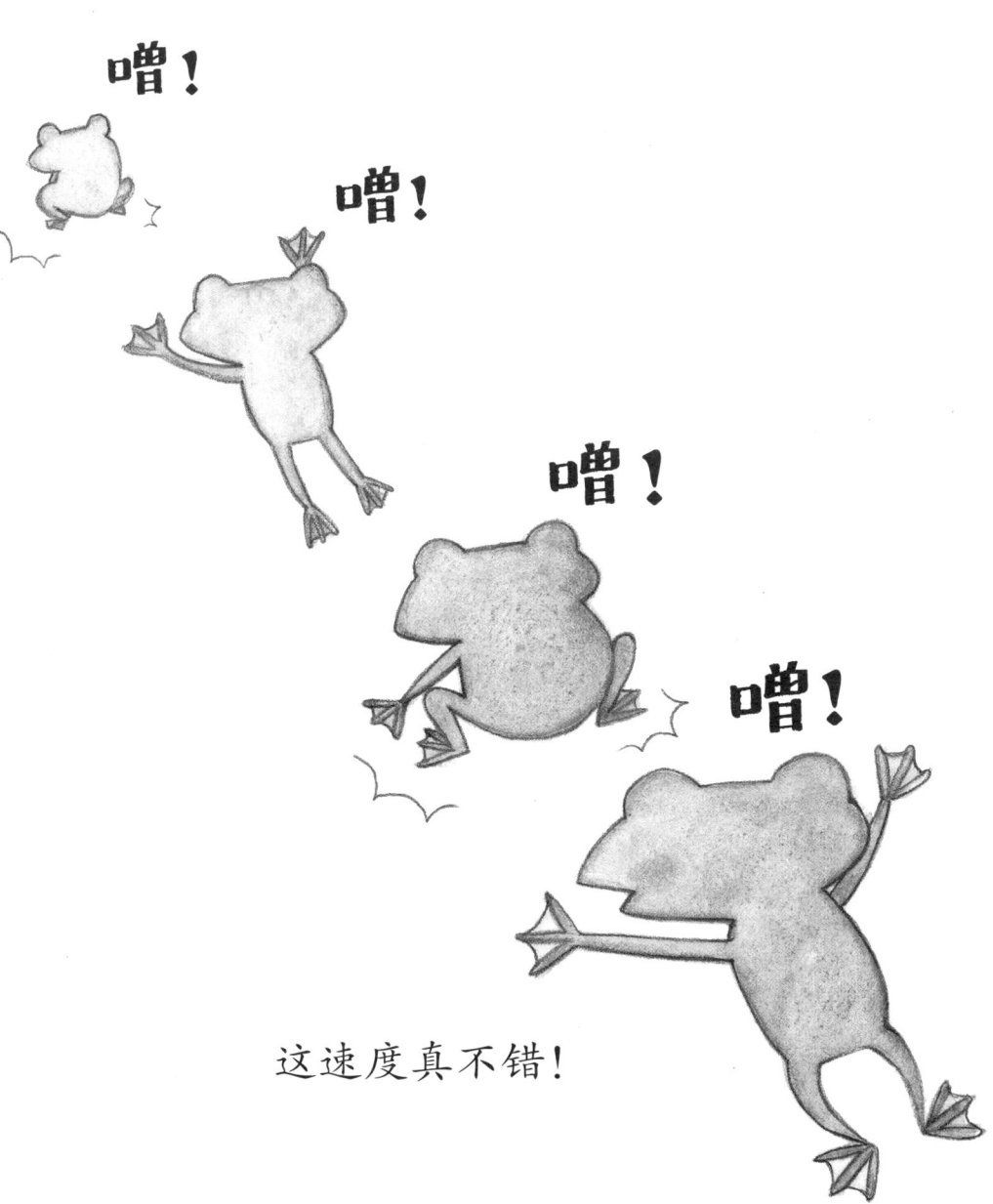

"太神奇了,竟然会变身!这速度走起来正好!"奇洛变得兴奋起来。

"那就跟上来吧!"小青蛙大声喊。

没想到,小青蛙的速度越来越快,身体也越变越大。

不一会儿工夫,小青蛙竟然变得比奇洛还大了!

　　这只大青蛙双腿弹跳着,快速向前。

　　奇洛也飞快地奔跑起来,不然就追不上这只大个头儿的青蛙了。

青蛙不时地回头瞥一眼奇洛,说:"跟上来呀!"

"来吧!赛跑我可不会输给你!"奇洛把伞一丢,拔腿就追。

"跟上来呀!"

不知不觉,奇洛仿佛忘记了天还在下雨,浑身泥巴也毫不在乎。

因为,和青蛙赛跑简直太有趣了!

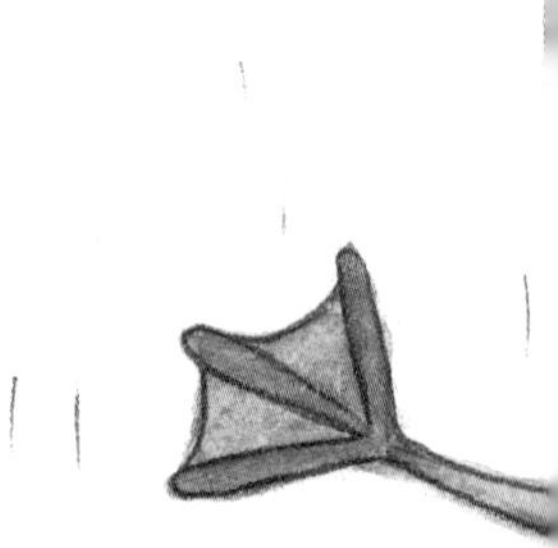

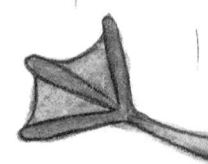

奇洛和青蛙在公园里到处跑啊,跑啊……

这时候,孩子们觉得在家里太无聊,也撑着伞来到了公园里。

咦,这不是奇洛吗?他满身泥巴,跟一只巨大的青蛙玩儿得正开心呢!

太有趣了!孩子们也扔掉雨伞,和奇洛、大青蛙开心地玩儿起来。

咦，不知什么时候，青蛙变成了六只！

"跟上来呀!"

六只青蛙齐声招呼。

青蛙有六只。
奇洛和孩子们加起来也是六个。
大家分分组,玩起了赛跑游戏。

快快快,泥巴人儿追青蛙!

青蛙们一起向池塘跑去。

扑通!扑通!他们一个接一个地跃进池塘。

跳起了水中芭蕾。

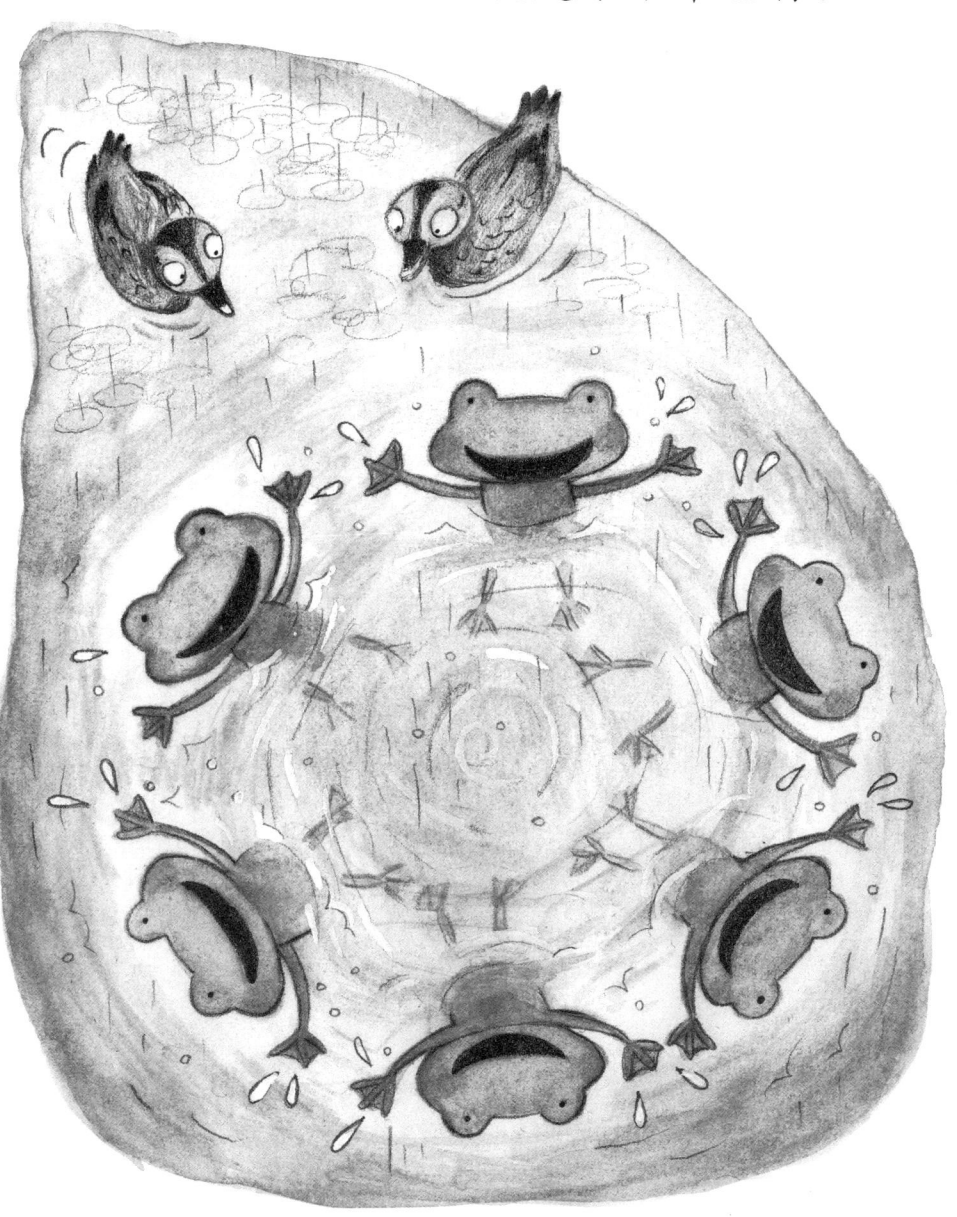

阿春婆婆、巴乌瓦、哈皮也来了。大家都为青蛙们的精彩表演鼓掌喝彩。

过了一会儿，表演结束，青蛙们咕嘟咕嘟地沉到水里，消失了。

奇洛好担心哪，也跳进了池塘！

"危险!大家可不要跳下去!"哈皮赶紧提醒孩子们。

"奇洛会游泳,所以没关系!"巴乌瓦说。

在水下,青蛙们变成了小精灵。原来,青蛙是小精灵们变的。

奇洛从池塘里爬上来，泥巴已经被冲掉了。他抖抖身上的水珠，又变回雪白雪白的奇洛啦！

孩子们在喷泉水池那儿，把泥巴冲洗得干干净净。

"哈哈，都干净啦！"阿春婆婆满意地说。

阿春婆婆、巴乌瓦和哈皮带着湿淋淋的孩子们回到屋里。

阿春婆婆端来香喷喷的热可可,巴乌瓦帮大家熨烫衣服。

等待衣服熨干的时候,孩子们一遍遍地欣赏哈皮刚创作的歌——《雨中的公园》。

这时,长老背着重重的行李,从镇上回来了。

连续几天都下雨,长老知道大家一定会感到无聊的,就制订了一个计划。

"如果明天还下雨,咱们就支起这顶帐篷,举行泥巴丸子制作大赛吧!"

"太棒了!"长老刚说完,孩子们就欢呼起来。

奇洛想:"如果明天也下雨就好啦……"

想象力的魔法

下雨天,奇洛竟然和蜗牛玩起了赛跑!一转眼,蜗牛又变成了青蛙?!青蛙居然越变越大,变得比小狗奇洛还要大了?!

哦,天哪!这一个个出人意料的情节,是不是让你连连赞叹:"太好玩了!要是我也能写出这么好玩儿的故事就好了……可是……"

别"可是"啦,你能写出来的,因为你有一个神奇的魔法——想象力!什么?你还不知道自己有这个魔法?哎呀呀,你早就在使用它了呀。

上学快迟到了,你会想:"要是我现在有艘火箭就好了,'嗖——'就把我送到课桌前了。"巧克力豆只剩最后一粒的时候,你会盯着瓶子期待:"如果这是个魔法瓶子多好呀,可以源源不断地变出巧克力豆。"……

瞧,你一直在使用想象力这个神奇的魔法呢。你一定感受到了,当你脑子里冒出那些天马行空的想法时,很平常的时刻仿佛立刻变有趣了!

《雨天真好玩》这个故事里,奇洛这样想象自己身上沾满泥巴的样子:身上沾满几大块泥巴的时候,自己就变成奶牛了;身上布满小泥点儿的时候,自己就变成斑点狗了;若只有两腿上沾满泥巴,就像穿了条棕色的裤子;如果全身沾满泥巴,"今后我就是小黑狗啦!"

你瞧,是不是并不难?

使用想象力魔法吧,让你的故事趣味盎然,与众不同!

儿童阅读推广人　周　莉

图书在版编目(CIP)数据

有你的365天. 2, 雨天真好玩 / (日) 渡边裕美著; 纪鑫译. ―― 青岛: 青岛出版社, 2019.2
ISBN 978-7-5552-5733-2

Ⅰ. ①有… Ⅱ. ①渡… ②纪… Ⅲ. ①童话-作品集-日本-现代 Ⅳ. ①I313.88

中国版本图书馆CIP数据核字(2018)第054859号

KOUEN NO SHIRO AMEFURI
by Hiromi Watanabe
copyright © 2002 Hiromi Watanabe
All rights reserved.
Original Japanese edition published in 2002 by POPLAR Publishing Co., Ltd.
Simplified Chinese translation rights arranged with POPLAR Publishing Co., Ltd.
through Beijing Kareka Consultation Center.
山东省版权局著作权合同登记号　图字: 15-2017-166号

书　　　名	有你的365天
分册书名	雨天真好玩
著　　者	[日]渡边裕美
译　　者	纪　鑫
出版发行	青岛出版社
社　　址	青岛市海尔路182号(266061)
本社网址	http://www.qdpub.com
邮购电话	0532-68068091
责任编辑	周　莉(邮箱: 653306801@qq.com)
特约编辑	张姗姗
照　　排	青岛竖仁广告有限公司
印　　刷	青岛乐喜力科技发展有限公司
出版日期	2019年2月第1版　2023年2月第6次印刷
开　　本	32开(890mm×1240mm)
印　　张	18
字　　数	300千
书　　号	ISBN 978-7-5552-5733-2
定　　价	160.00元(全8册)

编校印装质量、盗版监督服务电话　4006532017　0532-68068050

本书建议陈列类别: 儿童文学·桥梁书

致小读者

在故事中发现自己
在笑声中爱上自主阅读

儿童阅读推广人　周　莉

亲爱的小朋友,你手中这本图文搭配的书称为"桥梁书"。也许以前你主要是听爸爸妈妈讲图画书,现在,这座"桥梁"将会带你慢慢从图大、文字少的图画书过渡到文字更多的读物,你将会从"听"书慢慢过渡到自己真正地"读"书。

这套桥梁书的故事主人公——可爱的小白狗奇洛可绝对绝对不是完美小孩儿,相反,他完全就是一个小顽童的化身。

他顽皮淘气,会撒泼耍赖,喜欢搞小恶作剧,却也懂得知错就改;他积极乐观不服输,偶尔会有一点点自私,却也最懂得守护正义,并把快乐带给身边的人;他对美食毫无抵抗力,上台表演之前会紧张得不得了,但总能从朋友那里获得信心和勇气……

没错,奇洛就像你,像你的同学,像你的好朋友。他并不完美,却因此更加真实。读奇洛的故事,你能看到自己和小

伙伴的身影，你能读到自己羞于说出口的小心思，也一定会重新去认识陪伴在身边的家人和朋友——那些或快乐或忧伤的时刻，是他们给了我们温暖和力量。

奇洛的故事充满了想象力：贪吃的奇洛像气球一样飘到空中去历险，让人为他捏一把汗；下雨天，他和硕大的青蛙赛跑，玩儿得满身泥巴，使无聊的雨天变得妙趣横生；圣诞老人不但给孩子们送礼物，他的脑袋里还装满了超有挑战性的绕口令呢（是呀，是呀，你一定也盼望和圣诞老人来一场面对面的绕口令大赛吧）……

读这些好玩儿的故事，你会发现，咦，怎么不知不觉又看完了一本书？！是的，虽然桥梁书的文字比图画书的要多一些，但是阅读这样精彩的故事，又有漂亮的插图渲染氛围，慢慢地，你会发现自己读书并不是一件困难的事。

这样，你不再需要爸爸妈妈讲读，自己就能独立看书了。你可以按照自己的步调，读完一段文字，停下来欣赏欣赏插图；遇到陌生的词汇，停下来猜一猜它的意思；看到好玩儿的情节，先笑一会儿再说……我的阅读我做主，这是多棒的一件事呀！

愿你从奇洛的故事开始，发现独立阅读的乐趣，在浩瀚书海中尽情遨游！

·有你的365天·

落叶飞舞的秋天

[日]渡边裕美/著　纪　鑫/译

小白狗奇洛和四个伙伴住在公园里,他们组成汪汪巡逻队,一起守护着公园。

青岛出版集团｜青岛出版社

秋天,公园里落满了五彩斑斓的叶子。

今天,大家要清扫落叶。

"等扫完落叶,咱们烤地瓜吧!"阿春婆婆提议。

"好主意,我这就去买地瓜!"长老说完,动身去镇子上了。

"烤地瓜,烤地瓜!有热乎乎的烤地瓜可以吃喽!"

奇洛和孩子们高兴极了。

"那么,咱们赶紧收拾落叶吧!"巴乌瓦干劲十足。

突然,"呼——",一阵大风刮过来。

大家好不容易才堆在一起的落叶,被这阵大风吹得到处都是。
"怎么可以这样!"哈皮很气恼。

"唉……"孩子们也不约而同地叹了一口气。

只好重新扫一遍了。

大家打起精神,又忙碌起来。

奇洛却左翻翻,右掀掀,把大家堆起来的落叶弄得乱七八糟。

一个小女孩儿满脸不解地问:"奇洛,你这是要干什么呀?"

巴乌瓦有点儿生气地责备:"奇洛,不要妨碍大家清扫哇!"

奇洛回过头来,眼睛里泪水盈盈的。

奇洛那么伤心,好像马上就要哭出来了。

他哽咽着说:"我的叶子……刮飞了!"

"没了叶子,我……"

哈皮心领神会地放下扫帚,背起吉他,站到奇洛身边来伴奏。

奇洛手舞足蹈,声情并茂地唱了起来。

我心爱的宝贝儿,
叶子呀,小叶子呀,
你去了哪里——

心急如焚,

坐立不安,

手足无措,

哆哆嗦嗦。

大家都知道那片叶子对奇洛非常重要，便决定暂停清扫工作，帮他找叶子。

奇洛坐在地上，号啕大哭。小精灵们担心极了，便现身出来安慰他。

"奇洛,别哭了!"

"一定能找回来!"

"咱们一起去找你的宝贝叶子吧!"

可奇洛腿蹬脚踢,只是一个劲儿地哭:"没有叶子,我什么也干不了了!大家快去帮我找哇!"

哎呀,简直像个撒泼耍赖的小赖皮嘛!

奇洛只想依赖别人,自己什么也不想做。小精灵们摇摇头,飞走了。

他们升上高空,排好队列,像画圆圈似的,一圈一圈地飞转起来。

不一会儿,空中形成了一股小型龙卷风。

龙卷风越来越强,降落到了公园里。转眼间,大家都被卷了进去!

伴随着巨大的轰响,龙卷风以惊人的速度向远方盘旋而去……

奇怪,只有奇洛没被卷走。

他被甩下了。

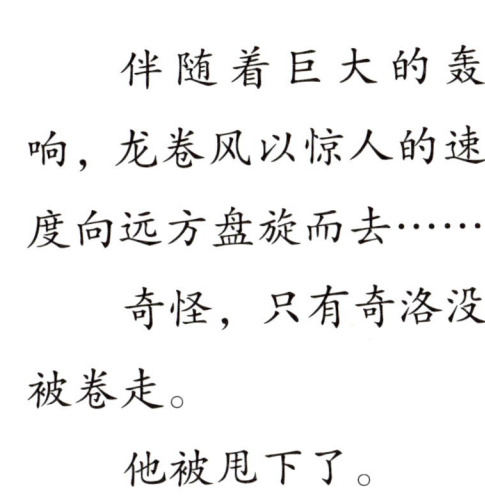

奇洛孤零零的,慌张极了。

"风先生,求求您,带我去找朋友们吧!"奇洛请求道。

空中只传来飒飒的风声,像在嘲笑他。

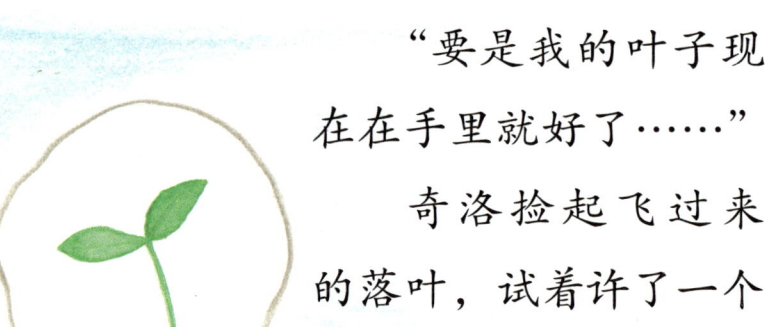

"要是我的叶子现在在手里就好了……"

奇洛捡起飞过来的落叶,试着许了一个愿望。

"请给我勇气和力量吧!"

奇洛用力一握,"咔嚓咔嚓",叶子在他手中裂成碎片,随风飘散了。

奇洛沮丧地垂着肩膀,低下了头。

他突然发现,不知什么时候,自己脚下聚集了许多橡子。

"嘿,橡子!"奇洛高兴地打招呼。

可橡子们个个充耳不闻。他们有的清扫地面,有的整理落叶,一刻不停地忙碌着。

还有的橡子在画很标准的圆圈。

接下来,橡子们分成两组,开始玩相扑比赛。

如果被对方从圆圈里推出来或者被摔倒,就算输。

只剩最后两位选手了。

体格强大的橡子看上去实力更强。

但小个儿橡子坚决不放弃。

小个儿橡子身体更灵活,他围着对手一圈一圈快速地移动,瞄准时机,一下把对手推出了圈外!胜利喽!

比赛中的橡子们竭尽全力、激烈地对抗。看着这一幕,奇洛觉得自己也慢慢充满了力量。

"奇洛,你也要加油哟!"

橡子们走过来,递给奇洛一把扫帚。

"为什么给我这个?"

奇洛抓起扫帚,扫帚瞬间变大了!

"难道这是一把魔法扫帚?骑上它就能找到朋友们吗?"

奇洛说完,看看脚下,橡子们已经消失得无影无踪。

原来,橡子是小精灵们变的。

"又只剩下我自己了!"奇洛小声嘟哝着。

不过,这次他可没有哭。

"好——嘞!骑着扫帚,起飞喽!"

奇洛跨上扫帚,助跑,起跳……却摔到了地上。

扑通!

"扫帚终究只能用来扫地呀!"

奇洛强打精神,开始清扫地面。

他一点儿一点儿，认真地把落叶集中到一起，堆成一堆。

很快，公园里的落叶就被扫到了一起。

这时，奇洛想起了阿春婆婆的话。

"有这么多落叶，一定可以烤地瓜了吧？应该压住它们，别再被风吹散了！"

奇洛紧紧搂住叶子，一动不动地趴着。

过了一会儿,奇洛翻了个身,仰面躺在落叶堆上。

　　天上的云朵好像变幻成了伙伴们的模样,奇洛眼中忍不住又泛起了泪花。

　　这时,长老背着地瓜回来了。

奇洛猛地跳起来,扑到长老怀里。

"长老……我好想您哪!"

"奇、奇洛,怎么了?大家都去哪儿啦?"长老问。

奇洛激动得语无伦次。

听我说，长老，大家都随着龙卷风"嗖"地飞走了，长老……然后，小橡子们玩相扑……我说"好——嘞！骑着扫帚，起飞喽！"，以为能飞起来，结果，"扑通"摔到地上了……呜呜，只好乖乖扫地了，因为想吃烤地瓜嘛……叶子飞走了……长老……我一直等啊等啊，呜……

虽然听得一头雾水,但长老还是给奇洛一个拥抱,夸奖说:"奇洛,你自己能扫地了,可真了不起!相信我,用不了多久,大家一定会再随风回来的——哎呀,奇洛,你的宝贝叶子呢?"

奇洛一下子止住哭声:"哎呀,把这事儿给忘了!"

"忘了?"

这时,不知从哪儿传来了歌声。还有哈皮的吉他声。

"咦?"

♪奇洛心爱的宝贝,

叶子呀,小叶子呀,在这里!

乐乐呵呵,欢欢喜喜,

喜笑颜开,噜噜噜啦……

以前总在一起呀,
以后也永远不分离。

回来啦!
回到奇洛身边啦——

"大家都回来啦!"奇洛跑上前去。

飞在最前面的小精灵手里拿着的,正是奇洛的叶子!

"谢谢你,小精灵!"奇洛小心翼翼地接过叶子。

大家围在奇洛身边,奇洛觉得幸福极了。

一个男孩儿看着堆好的落叶，说："奇洛虽然丢了叶子，但依然做得很棒呢！"

奇洛挺起胸，点点头。

哈皮说："是呀，是呀，那片叶子可是奇洛的宝贝呢！"

　　长老告诉大家:"只要有自信,无论遇到什么困难,都能做得很棒哟!"

　　"明白啦!"奇洛精神抖擞地回答。

"来来来,烤地瓜喽!"阿春婆婆招呼大家。

和朋友们一起分享,这样的烤地瓜当然是最香的啦!

相扑术语小讲堂

押出：
一种相扑技术，指选手与对手身体分离，通过推搡对手的胸、喉、腋下等部位，把对手推出圈外。

上手投：
一种相扑技术，指选手从对手伸出的胳膊上方抓住对手腰带，将其摔倒。

下手投：
一种相扑技术，指选手从对手腋下伸过手去，抓住对手腰带，将其摔倒。

寄切：
一种相扑技术，指选手将身体紧贴在对手身上，双手向前或向一侧推动，将对手逼出相扑台圆圈外。

协商：
指选手对判罚有异议时，与裁判交涉。

趣味手工：橡子相扑大力士

① 剪出大力士的模样。

② 折叠出大力士。

小心地剪出大力士的模样。

虚线不要剪。

沿虚线按箭头方向对折。

调整大力士，使它能够站稳。

③ 制作相扑台。

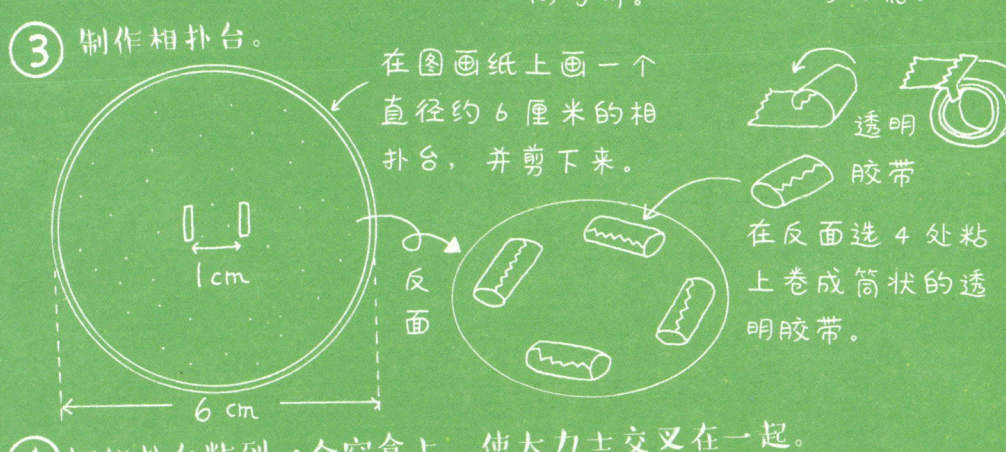

在图画纸上画一个直径约6厘米的相扑台，并剪下来。

透明胶带

在反面选4处粘上卷成筒状的透明胶带。

④ 把相扑台粘到一个空盒上，使大力士交叉在一起。
（也可用空罐、塑料盒等代替空盒。）

咚咚咚地敲打。

故事大王小讲堂

自信的力量

在《落叶飞舞的秋天》这个故事中，面对高大的相扑对手，小个儿橡子毫不畏惧，坚决不放弃，赢得了比赛。这一幕真让人印象深刻，难怪奇洛也从中获得了勇气和力量，认真做事，重新赢得了大家的认可。

这是一个会让人产生思考的故事。

你有没有偶尔觉得缺乏自信呢？

在成长过程中，我们会遇到许多挑战，可能学舞蹈动作没有别人那么快，也许唱歌不像别人那么动听……参加讲故事比赛，也很有可能不是第一名（毕竟，第一名只有一个）。

遇到这种情况，该怎么办呢？

在《特别的朋友》那个故事里,我们讨论了"持之以恒地练习",不妨找来看一看。要相信,一分耕耘一分收获。如果你喜欢读故事、讲故事,"故事大王小讲堂"会让你掌握讲故事的各种"秘诀",多多练习,你的故事一定会越来越精彩。

除此之外,请一定记得:要相信自己,不要气馁。

就像故事里长老告诉大家的:

"只要有自信,无论遇到什么困难,都能做得很棒哦!"

儿童阅读推广人　　周　莉

图书在版编目（CIP）数据

有你的365天·7,落叶飞舞的秋天 /（日）渡边裕美著；
纪鑫译.——青岛：青岛出版社,2019.2
 ISBN 978-7-5552-5733-2

Ⅰ.①有… Ⅱ.①渡…②纪… Ⅲ.①童话-作品集-日本-现代 Ⅳ.①I313.88

中国版本图书馆CIP数据核字(2018)第054874号

KOUEN NO SHIRO OCHIBA NO AKI
by Hiromi Watanabe
copyright © 2003 Hiromi Watanabe
All rights reserved.
Original Japanese edition published in 2003 by POPLAR Publishing Co., Ltd.
Simplified Chinese translation rights arranged with POPLAR Publishing Co., Ltd.
through Beijing Kareka Consultation Center.

山东省版权局著作权合同登记号　图字：15-2017-166号

书　　　名	有你的365天
分册书名	落叶飞舞的秋天
著　　者	[日]渡边裕美
译　　者	纪　鑫
出版发行	青岛出版社
社　　址	青岛市海尔路182号（266061）
本社网址	http://www.qdpub.com
邮购电话	0532-68068091
责任编辑	周　莉（邮箱：653306801@qq.com）
特约编辑	张姗姗
照　　排	青岛竖仁广告有限公司
印　　刷	青岛乐喜力科技发展有限公司
出版日期	2019年2月第1版　2023年2月第6次印刷
开　　本	32开（890mm×1240mm）
印　　张	18
字　　数	300千
书　　号	ISBN 978-7-5552-5733-2
定　　价	160.00元（全8册）

编校印装质量、盗版监督服务电话　4006532017　0532-68068050

本书建议陈列类别：儿童文学·桥梁书

致小读者

在故事中发现自己
在笑声中爱上自主阅读

儿童阅读推广人　周　莉

亲爱的小朋友，你手中这本图文搭配的书称为"桥梁书"。也许以前你主要是听爸爸妈妈讲图画书，现在，这座"桥梁"将会带你慢慢从图大、文字少的图画书过渡到文字更多的读物，你将会从"听"书慢慢过渡到自己真正地"读"书。

这套桥梁书的故事主人公——可爱的小白狗奇洛可绝对绝对不是完美小孩儿，相反，他完全就是一个小顽童的化身。

他顽皮淘气，会撒泼耍赖，喜欢搞小恶作剧，却也懂得知错就改；他积极乐观不服输，偶尔会有一点点自私，却也最懂得守护正义，并把快乐带给身边的人；他对美食毫无抵抗力，上台表演之前会紧张得不得了，但总能从朋友那里获得信心和勇气……

没错，奇洛就像你，像你的同学，像你的好朋友。他并不完美，却因此更加真实。读奇洛的故事，你能看到自己和小伙伴的身影，你能读到自己羞于说出口的小心思，也一定会重新去认识陪伴在身边的家人和朋友——那些或快乐或忧伤的时刻，是他们给了我们温暖和力量。

奇洛的故事充满了想象力：贪吃的奇洛像气球一样飘到空中去历险，让人为他捏一把汗；下雨天，他和硕大的青蛙赛跑，玩儿得满身泥巴，使无聊的雨天变得妙趣横生；圣诞老人不但给孩子们送礼物，他的脑袋里还装满了超有挑战性的绕口令呢（是呀，是呀，你一定也盼望和圣诞老人来一场面对面的绕口令大赛吧）……

读这些好玩儿的故事，你会发现，咦，怎么不知不觉又看完了一本书?！是的，虽然桥梁书的文字比图画书的要多一些，但是阅读这样精彩的故事，又有漂亮的插图渲染氛围，慢慢地，你会发现自己读书并不是一件困难的事。

这样，你不再需要爸爸妈妈讲读，自己就能独立看书了。你可以按照自己的步调，读完一段文字，停下来欣赏欣赏插图；遇到陌生的词汇，停下来猜一猜它的意思；看到好玩儿的情节，先笑一会儿再说……我的阅读我做主，这是多棒的一件事呀！

愿你从奇洛的故事开始，发现独立阅读的乐趣，在浩瀚书海中尽情遨游！

·有你的365天·

消失在雪天

[日]渡边裕美/著　　纪　鑫/译

公园里,奇洛和伙伴们组成的汪汪巡逻队就睡在这间小屋里。

昨天晚上特别冷,天空飘起了雪花。

早晨一睁眼,公园里白茫茫一片。

孩子们都比平日来得早,一到公园就跟奇洛玩起了打雪仗。

小精灵们也飞落到公园里。
"把雪堆起来,做个雪人吧!"
"不使用魔法试试看?"
"好主意,就这么办!"
"自己动手堆也很有意思呀!"
"堆好一大半啦!"
"也给雪人拿上叶子!"
"堆好喽!"

是一个跟奇洛一模一样的雪人。

奇洛正在玩儿打雪仗呢，他以最快的速度冲到雪人面前。

孩子们远远地追了过来。

看到雪人，奇洛想到一个好主意。

"嘿嘿嘿，运气真好！"

奇洛藏到雪人背后。

一个男孩儿追上来,把手中的雪球向雪人奇洛抛过去。

原来,男孩儿把雪人当成奇洛了。

"奇洛,接球!"

一声闷响,雪人被雪球击中,碎了一地。

"太好玩儿啦!哈哈,上当了!我在这儿呢,在这儿!巴拉巴拉巴——"

奇洛做着鬼脸,得意扬扬地从雪人背后跳了出来。

小精灵们辛辛苦苦堆起来的雪人被破坏了,可奇洛只想着打雪仗,根本没把这当回事儿。

"哎——!"

"太可气了!"

"不能原谅他!"

"必须给他点儿教训!"

愤怒的小精灵们对渐渐跑远的奇洛施展了魔法。

汪汪巡逻队的巴乌瓦、哈皮、阿春婆婆正在公园门口扫雪,他们对刚才的事情一无所知。

长老翻开积雪下面的泥土。

公园里有个秘密宝藏,只有长老知道它的位置。

今天,长老挖出了写着"雪天"字样的木箱。

箱子里装着长靴、暖乎乎的毛线围巾,每人一套。

大家穿上长靴,戴上自己喜欢的围巾。

"咦,奇洛呢?"长老拿起奇洛的围巾,问。

阿春婆婆说:"刚才还在那边跟孩子们玩儿呢!"

顺着阿春婆婆手指的方向望去,孩子们正聚在一起。

"发生什么事了?"巴乌瓦第一个冲了过去。

阿春婆婆和长老、哈皮也跟了过去。

在他们身后,一双黄色的长靴像追赶大家似的,急匆匆地跟了上来。

孩子们正围在被打碎的雪人奇洛周围。

"哎呀！奇洛怎么碎了？"阿春婆婆大吃一惊，脚下一滑，跌倒在地。

"阿春婆婆，这不是奇洛！"一个梳着丸子头的女孩儿赶紧解释。

这时，那双小小的长靴飞快地钻进了大家围成的圈子里。

大家都盯住这双长靴。

哈皮突然大声叫起来:"什么呀,这是……魔法靴子?"

听了这话,长靴乱蹦乱跳起来。

长靴连蹦带跳地折腾了一阵,突然在叶子旁边停住,接着,叶子"嗖"地悬空了!

叶子竟然自己画起线来!

长靴随着叶子不停地走来走去。

直直的线,弯弯的线,

直直的线,弯弯的线……

啊,这些线条真像奇洛平时画的骨头涂鸦!

而且,线条周围还有靴子印儿和一个一个的🐾,跟奇洛的脚印一模一样。

长老忽然明白了:"难道……在我们面前的是奇洛?!"

长老刚说完,长靴就滴溜溜地转向他。

阿春婆婆伸手摸了摸。

哎呀,虽然看不到,但还是能摸得着,的确是奇洛的身形!

"哦,可怜的奇洛!我们一定会让你恢复原样的,再坚持一会儿啊!"

阿春婆婆哽咽着,把自己的披肩披到变透明了的奇洛身上。

长老给他系上围巾。

　　一个女孩儿把心爱的手套借给了奇洛。

　　有了大家的帮助,虽然奇洛隐身了,又不能说话,但是不管他走到哪儿,都能被一眼看到。

长老跟孩子们详细询问奇洛消失时的情况。

　　那个男孩儿讲了事情的经过，沮丧地说："都怪我，是因为我把雪人破坏了，小精灵们才生气地把奇洛变消失的！"

　　长老一字不落地听完，安慰男孩儿说："这件事情不怪你！"

长老转身走向奇洛,说:"奇洛呀,你是因为做错了事才会被变消失的吧?"

奇洛看着碎落满地的雪人,心里难过极了。

"雪人是小精灵们费了很大力气才堆起来的……"奇洛反省着,冲长老点点头。

想象着奇洛难过的模样,长老说:"虽然损坏的雪人不能复原了,但可以再堆个新的嘛!"

"对,大家齐心协力,堆个更棒的雪人吧!"巴乌瓦建议。

"小精灵们一定会高兴的!"孩子们一致赞成。

"咱们赶紧动手吧!"

大家分头行动,从公园各处把雪集中起来。

这时候,小精灵们正在云彩里舒服地睡午觉呢!

"怎么有点儿吵?"一只小精灵睁开眼睛,向下看了看。

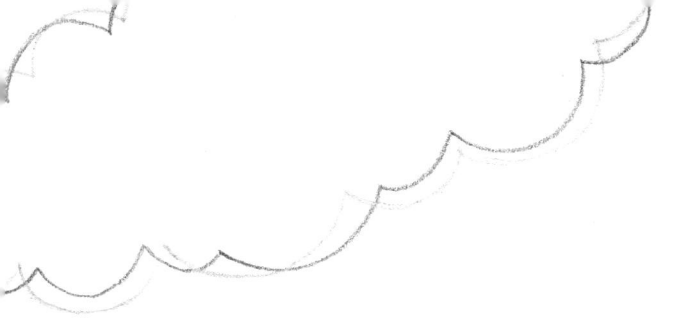

"那是什么?"小精灵吃了一惊,赶紧把伙伴们叫醒。

"小精灵——,快下来吧——!"公园那边传来大家的呼唤。

小精灵们振奋精神,飞落到公园里。

公园里堆起了一个高大的雪人奇洛,胸口还雕刻着叶子图案!

雪人头顶上,一个用雪制作的小精灵正闪闪发光呢!

"真漂亮!真漂亮!"小精灵们连声赞叹。

长老搂着奇洛的肩膀,对小精灵们说:"奇洛已经知道自己做错了!为了表达歉意,大家一起堆了这个雪人。请把奇洛变回原来的样子吧!"

一旁的奇洛赶紧低头道歉。

小精灵们嘀嘀咕咕地商量了一会儿,笑眯眯地转过身来。

"好吧,我们原谅奇洛!"

说着,他们解除了施展在奇洛身上的魔法。

然后，小精灵们对雪人施展了新的魔法。

咯吱,咯吱。大家堆的雪人奇洛站起来了!

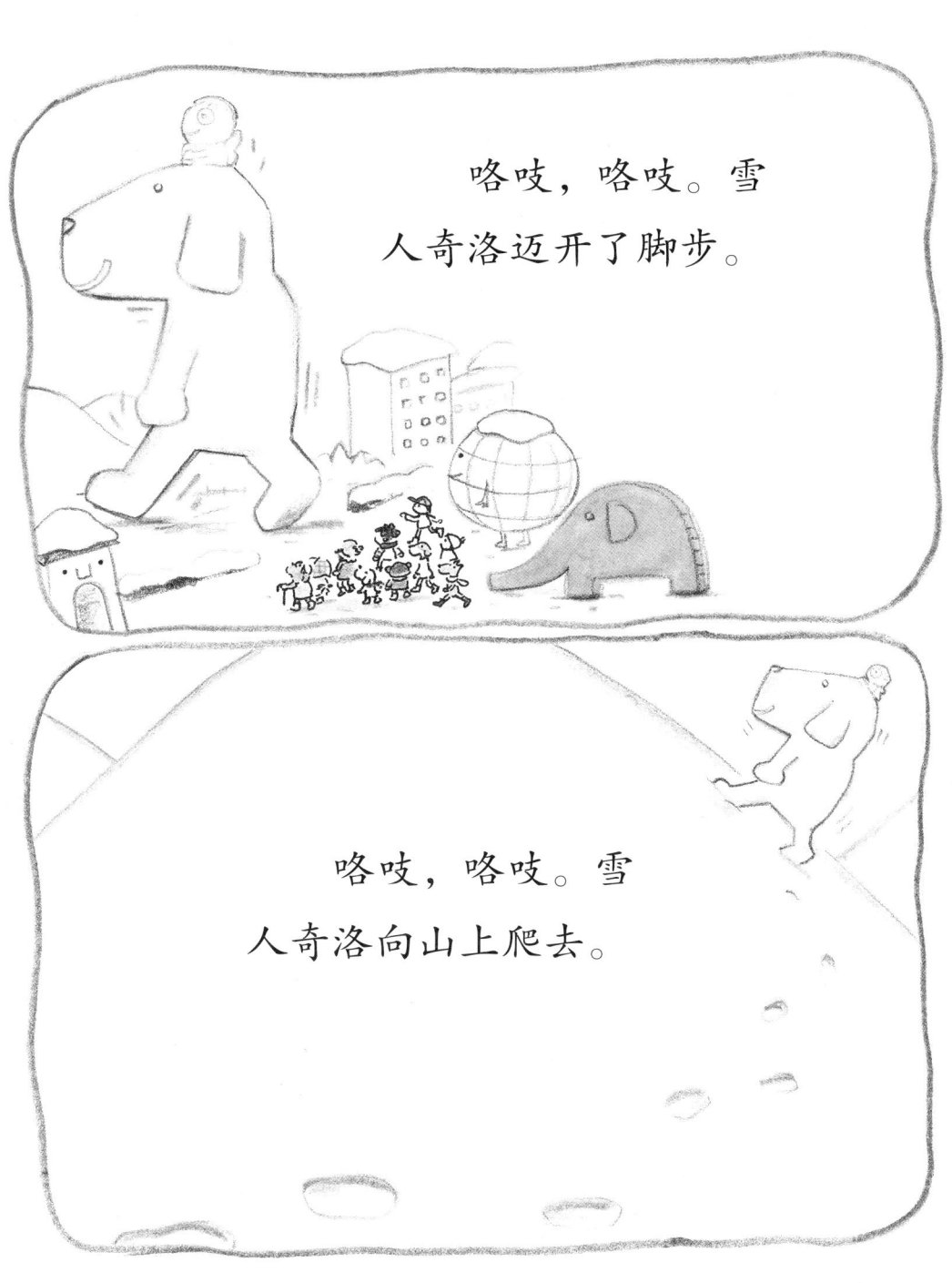

雪人奇洛爬上山顶,滚起一个雪球。

然后,雪人奇洛滚动着雪球下了山。

雪人奇洛慢慢滚动着雪球,一路上发出咯吱咯吱的声响。

滚呀滚呀,雪球越来越大。

一个巨大的雪球被推到了公园里。

小精灵们围着雪球飞来飞去。

　　他们拉直这儿，弄弯那儿，敲敲这边，拍拍那边，挖通这里，削掉那里……

　　不一会儿，大功告成！大雪球华丽变身！

"哇——！像个游乐场！"孩子们兴奋地跑上前去。

"滑滑试试吧！"小精灵们热情地邀请。

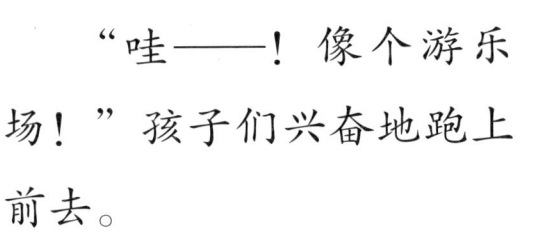

"谢谢你们!还有,刚才的事情,真对不起!"

解除魔法的奇洛大声对小精灵们道歉。

小精灵们建造的白雪滑梯滑溜溜的,畅通无阻。

大家玩儿得真开心!

孩子们玩儿得忘记了时间,家人都找了过来。

"今天就让孩子们多玩儿一会儿吧!"长老说。

天空中又飘起了纷纷扬扬的雪花……

故事大王小讲堂

真情实感最动人

亲爱的小朋友,如果让你围绕着"下雪天"来想一个故事,你的故事会是怎样的呢?

打雪仗?堆雪人?还是小动物们猜猜雪的味道?

《消失在雪天》讲的就是一个下雪天的故事:大家打雪仗的时候,奇洛玩恶作剧,做错了事情不道歉,被小精灵变消失了!大家看不到他的模样,只看到他的两只小靴子跳来跳去,好担心啊!我们也会想:"这可怎么办?奇洛还能变回来吗?"

奇洛的故事讲述了奇洛和朋友们生活中的一件件小事:春天的万物复苏,夏天的阴雨连绵,秋天的缤纷落叶,冬天的奇妙圣诞……虽然这些事情我们都很熟悉,却总忍不住跟着奇洛笑,或者为奇洛担心。

为什么这些故事有这样的魔力呢？因为它们传达了真实的感情：奇洛上台表演前会紧张，和朋友吵架后会懊恼，找回自信后好开心……故事里融入了这样的感情，我们就会觉得，讲的仿佛就是自己和小伙伴的事，当然会陪着奇洛一起笑、一起闹啦！

　　试试吧，把最真实的情感融入你的故事中，就像给故事一个灵魂，大家一定会喜欢你的故事，因为——

　　真情实感最动人！

儿童阅读推广人　周　莉

图书在版编目(CIP)数据

有你的365天·8,消失在雪天/(日)渡边裕美著;纪鑫译. — 青岛:青岛出版社, 2019.2
ISBN 978-7-5552-5733-2

Ⅰ.①有… Ⅱ.①渡…②纪… Ⅲ.①童话-作品集-日本-现代 Ⅳ.①I313.88

中国版本图书馆CIP数据核字(2018)第054873号

KOUEN NO SHIRO YUKI NO HI
by Hiromi Watanabe
copyright © 2002 Hiromi Watanabe
All rights reserved.
Original Japanese edition published in 2002 by POPLAR Publishing Co., Ltd.
Simplified Chinese translation rights arranged with POPLAR Publishing Co., Ltd. through Beijing Kareka Consultation Center.

山东省版权局著作权合同登记号　图字:15-2017-166号

书　　名	有你的365天
分册书名	消失在雪天
著　　者	[日]渡边裕美
译　　者	纪　鑫
出版发行	青岛出版社
社　　址	青岛市海尔路182号(266061)
本社网址	http://www.qdpub.com
邮购电话	0532-68068091
责任编辑	周　莉(邮箱:653306801@qq.com)
特约编辑	张姗姗
照　　排	青岛坚仁广告有限公司
印　　刷	青岛乐喜力科技发展有限公司
出版日期	2019年2月第1版　2023年2月第6次印刷
开　　本	32开(890mm×1240mm)
印　　张	18
字　　数	300千
书　　号	ISBN 978-7-5552-5733-2
定　　价	160.00元(全8册)

编校印装质量、盗版监督服务电话　4006532017　0532-68068050

本书建议陈列类别:儿童文学·桥梁书

致小读者

在故事中发现自己
在笑声中爱上自主阅读

儿童阅读推广人　周　莉

  亲爱的小朋友,你手中这本图文搭配的书称为"桥梁书"。也许以前你主要是听爸爸妈妈讲图画书,现在,这座"桥梁"将会带你慢慢从图大、文字少的图画书过渡到文字更多的读物,你将会从"听"书慢慢过渡到自己真正地"读"书。

  这套桥梁书的故事主人公——可爱的小白狗奇洛可绝对绝对不是完美小孩儿,相反,他完全就是一个小顽童的化身。

  他顽皮淘气,会撒泼耍赖,喜欢搞小恶作剧,却也懂得知错就改;他积极乐观不服输,偶尔会有一点点自私,却也最懂得守护正义,并把快乐带给身边的人;他对美食毫无抵抗力,上台表演之前会紧张得不得了,但总能从朋友那里获得信心和勇气……

  没错,奇洛就像你,像你的同学,像你的好朋友。他并不完美,却因此更加真实。读奇洛的故事,你能看到自己和小

伙伴的身影，你能读到自己羞于说出口的小心思，也一定会重新去认识陪伴在身边的家人和朋友——那些或快乐或忧伤的时刻，是他们给了我们温暖和力量。

奇洛的故事充满了想象力：贪吃的奇洛像气球一样飘到空中去历险，让人为他捏一把汗；下雨天，他和硕大的青蛙赛跑，玩儿得满身泥巴，使无聊的雨天变得妙趣横生；圣诞老人不但给孩子们送礼物，他的脑袋里还装满了超有挑战性的绕口令呢（是呀，是呀，你一定也盼望和圣诞老人来一场面对面的绕口令大赛吧）……

读这些好玩儿的故事，你会发现，咦，怎么不知不觉又看完了一本书？！是的，虽然桥梁书的文字比图画书的要多一些，但是阅读这样精彩的故事，又有漂亮的插图渲染氛围，慢慢地，你会发现自己读书并不是一件困难的事。

这样，你不再需要爸爸妈妈讲读，自己就能独立看书了。你可以按照自己的步调，读完一段文字，停下来欣赏欣赏插图；遇到陌生的词汇，停下来猜一猜它的意思；看到好玩儿的情节，先笑一会儿再说……我的阅读我做主，这是多棒的一件事呀！

愿你从奇洛的故事开始，发现独立阅读的乐趣，在浩瀚书海中尽情遨游！

·有你的365天·

奇洛的圣诞演出

[日]渡边裕美/著　　纪　鑫/译

小白狗奇洛和四个伙伴住在公园里，他们组成汪汪巡逻队，一起守护着公园。

今天,五位巡逻员像往常一样巡逻完毕,来到装饰

得漂漂亮亮的圣诞树前。

长老说:"今天就要表演啦,大家加油,做最后的准备吧!"

　　今天是圣诞节。

　　汪汪巡逻队要为居民们表演戏剧,感谢大家的支持。

为了这一天,大家早就开始准备,已经练习好多次了。
　　公园里的小精灵们也一直在给大家鼓劲儿。

　　说干就干,巴乌瓦开始搭建舞台。

　　奇洛正要来帮忙,却不小心摔倒了,钉子散落一地。

长老把长椅召集到一起,指挥它们排列整齐。

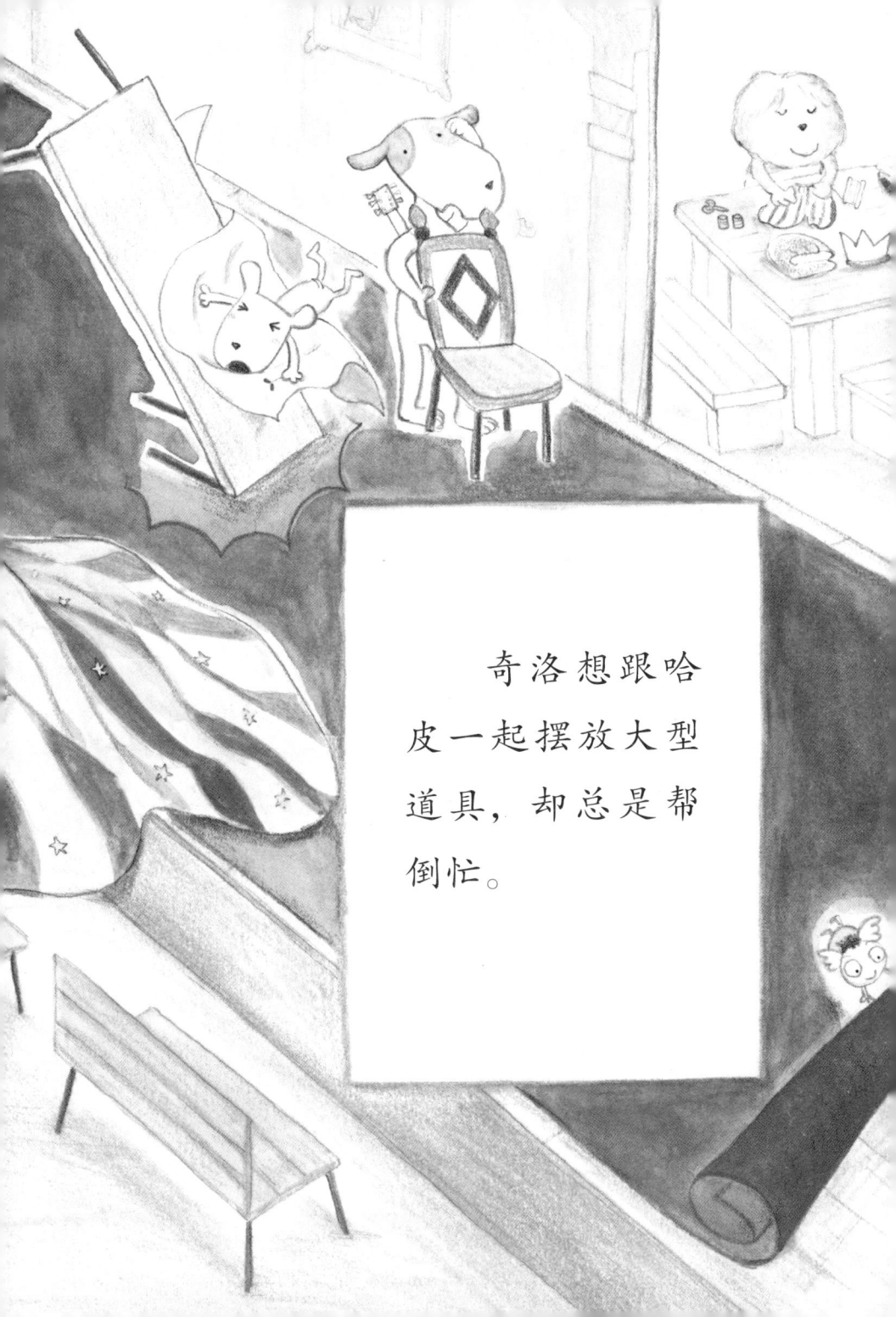

奇洛想跟哈皮一起摆放大型道具,却总是帮倒忙。

演出还早着呢，可是奇洛现在就开始紧张了。

他没办法专心做事，总是出错。

正在准备演出服装的阿春婆婆看到了，安慰他："奇洛，演出时间还早呢，你放松一会儿，去那边好好玩玩儿吧！"

奇洛来到喷泉水池旁,洗了一把脸。

"今天的演出可一定不能出错呀……对!再练练台词吧!"

奇洛这样想着,一抬头,看见水池对面站着一位身穿黑斗篷的陌生老爷爷。

"小麦,香米,麦香面!"

老爷爷突然抬手一指奇洛,嘴巴里念念有词。

"小麦,香米,麦香面!"

奇洛不由自主地重复着老爷爷的话。

老爷爷乐滋滋地点点头,说:

"噢——,说得很不错嘛!那么,这个怎样?红睡衣,黄睡衣,粉红睡衣,棕睡衣!"

奇洛刚想跟着说,又忍住了。

"老爷爷,我正忙着呢,睡衣……什么睡衣呀……请不要随意打扰我!"

说完,奇洛准备离开。

老爷爷却紧跟过来。

"咦,不会说了?对你这个小家伙来说,这是不是有点儿太难了呀?"

奇洛很不服气地说：

"这还不简单，说就说！红睡衣，黄睡衣，混红……哎？！"

奇洛又试了几次，可越着急越说不清楚。

"不要急,慢慢地静下心来,琢磨着意思说说看!"老爷爷这样建议。

奇洛在脑袋里想象着睡衣的颜色,不紧不慢地说:

"红睡衣,黄睡衣,粉红睡衣,棕睡衣……啊,会说啦!"

奇洛高兴得跳了起来。

好啦,现在心情好一点儿了,该去排练戏剧了!

"老爷爷,再见!"

奇洛正要跑开,忽然听到老爷爷又念念有词了:

"猫爸爸的儿子是猫爷爷的猫孙子,猫孙子的爸爸是猫爷爷的猫儿子。"

奇洛停下脚步。

"两只青蛙跳啊跳,四只青蛙笑啊笑,六只青蛙闹啊闹!"

"驯鹿是鹿,羚羊像鹿,海狮确实不是鹿!"

奇洛心里痒痒的,终于忍不住,跟着说起来。

竹子长，竹墙宽，
竹子靠在竹墙上，
竹墙不让竹子靠在竹墙上，
竹子偏要靠在竹墙上。

桃子红，李子紫，
紫李子比红桃子酸，
红桃子比紫李子甜。

红卷纸，黄卷纸，
中间夹着蓝卷纸。

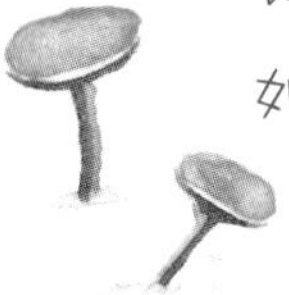

钉子尖尖，墙上钻钻，
如果敲弯，拔下太难。

爱画画的和尚画了一个和尚，
画上的和尚很像画画的和尚。

院里两只鸡，
特别爱吃米。

史叔叔吃了十个大红熟柿子。

"真棒！你真是个绕口令小能手！别担心，无论什么台词，你一定都能流利地说出来！"

　　老爷爷说完，消失不见了。

　　"啊——，真有意思！"

　　不知不觉，奇洛一点儿也不紧张了。

　　不一会儿，舞台搭建好了，观众们座无虚席。
　　奇洛穿上演出服，在舞台后面做了次深呼吸。

掌声响起,幕布拉开。

~ 演员表 ~

 王子……奇洛

 阿公……长老

 阿婆……阿春婆婆

 厨师……巴乌瓦

 旁白……哈皮

"在这里哟！"

"阿公、阿婆，你们在哪儿啊？"

"在这里呀！"

很久很久以前，有一位王子。王子很小的时候，他的父母——国王和王后就去世了。

一直抚养王子的,是很早以前就在城堡里侍奉王子一家的阿公与阿婆。

王子很思念父母,有时也会感到孤单。好在身边的伙伴们对他体贴入微,他在城堡里生活得很幸福。

城堡里藏书很多。一天,王子发现了一本魔法书。

实现愿望的方法!

王子把自己关在房间里，研究实现愿望的魔法。

阿公与阿婆担心极了。

王子不在的话，圣诞节该怎么过呀？

希望王子殿下出来用餐哪！

一个星期过去了，王子一直没有走出房间。

今天就是圣诞节了。

嘭！
嘭！

阿公与阿婆已经为王子将城堡装饰一新。

厨师精心准备了王子爱吃的美食。

大家都祈祷王子今天走出房间。

过了一会儿,王子真的从房间里出来了!

愿望实现,阿公他们高兴极了。

圣诞晚餐热闹又开心。

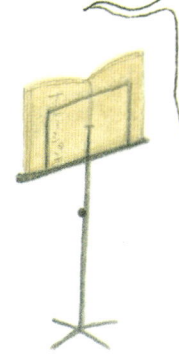

圣诞夜,王子的愿望也实现了。天国里的父王与母后来看望王子了。

王子扑进爸爸妈妈的怀抱里。多么幸福啊!

剧终!

哈皮话音刚落,小精灵便对舞台上的人偶施展了魔法。

刹那间，出门旅行的奇洛父母出现在舞台上，原来，刚才的人偶是他们变的！

爸爸妈妈把奇洛紧紧搂在怀里，奇洛又惊又喜，眼泪都流出来了。

小精灵们从空中撒下无数颗爱心，舞台上洋溢着暖暖的亲情。

观众席上响起了经久不息的掌声。

爱心慢慢地飘下来。

大家被爱心包围着,心中都浮现出心爱的人的模样。

在一片喝彩声中,演员们并肩来到舞台上,向观众们致谢。

"来来来,圣诞派对开始!大家继续开开心心地庆祝圣诞节吧!"长老说。

这时,清脆的铃声由远及近,圣诞老人乘着驯鹿雪橇赶来了。

雪橇降落到舞台上。

圣诞老人声音洪亮地说："小麦，香米，麦香面！圣诞快乐！"

"啊,是刚才那位老爷爷!"奇洛喊着跑过去。

圣诞老人朝奇洛眨眨眼,说:"来,这是送给大家的礼物!"

圣诞老人打开礼物口袋。

啊,是好多系着丝带的奇洛造型的毛绒玩偶!

　　小精灵们对着玩偶抛出一颗颗爱心。

　　爱心钻进玩偶的身体里。

　　奇迹出现了——奇洛玩偶动起来了!

奇洛玩偶纷纷跳出礼物口袋，跑到孩子们身边。

大人们把好吃的饭菜和点心端上舞台。

大家唱啊，跳啊，一直玩儿到深夜。

圣诞快乐，心爱的人们！

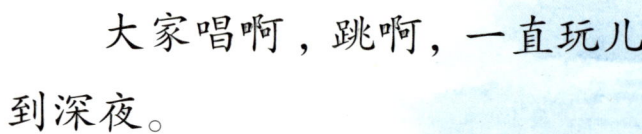

汪汪新闻

奇洛父母：美好公园的建造者

南之岛 公园建成！

　　南之岛上最近新建成了一座公园。岛上的狗狗们结成汪汪巡逻队，负责守护公园的安全。小精灵们将会协助他们。

　　在这座公园里，孩子们可以安全、快乐地玩耍。公园的建造者——奇洛父母希望让这种美好的公园遍布世界各地，因此，他们的环球旅行将继续下去。

12月24日
　　圣诞节到了，公园里举行了圣诞戏剧演出。演出结束时，小精灵们施展魔法，奇洛的父母登场了！奇洛与父母久别重逢。

亲子重逢

双亲寄语

看到奇洛长大了，非常高兴。感谢大家的陪伴。（妈妈）

相信在不久的将来，就可以和奇洛一起旅行了。（爸爸）

故事大王小讲堂

平复紧张情绪

奇洛要参加圣诞演出了！这可是为了感谢大家平日的支持而进行的演出呢，奇洛难免会紧张，做事情也总出错。多亏有智慧的圣诞老人来帮忙，跟他挑战绕口令。

不知不觉，奇洛在游戏中放松下来，找回了自信，不但绕口令说得越来越流畅，圣诞演出也大获成功！让我们也忍不住想给他鼓鼓掌呢。

你有没有遇到会紧张的时刻呢？

给大家讲故事的时候，万一紧张怎么办？

如果你也曾遇到这种困扰，不妨学学奇洛吧，在上台之前，去做做自己擅长的事情，可以是哼唱一首歌，或者搭一座积木高楼，或者跑一跑自己最爱的小汽车，或者抱着心爱的毛绒玩具找个安静的地方坐一坐……上台之前，做几次深呼吸（没错，奇洛也是这样做的），然后尽情地去展示自己吧！

当然，不要忘了，你的身边还有支持你的爸爸妈妈、老师和朋友们呢。就像奇洛的伙伴们一样，他们了解你付出的努力，相信你能做得很棒；他们给你鼓励，让你获得信心和勇气。

加油吧！你可以做得很棒！

儿童阅读推广人　　周　莉

图书在版编目(CIP)数据

有你的365天.4,奇洛的圣诞演出/(日)渡边裕美著;纪鑫译.— 青岛:青岛出版社,2019.2
 ISBN 978-7-5552-5733-2

Ⅰ.①有… Ⅱ.①渡… ②纪… Ⅲ.①童话–作品集–日本–现代 Ⅳ.①I313.88

中国版本图书馆CIP数据核字(2018)第054864号

KOUEN NO SHIRO CHRISTMAS
by Hiromi Watanabe
copyright © 2003 Hiromi Watanabe
All rights reserved.
Original Japanese edition published in 2003 by POPLAR Publishing Co., Ltd.
Simplified Chinese translation rights arranged with POPLAR Publishing Co., Ltd.
through Beijing Kareka Consultation Center.

山东省版权局著作权合同登记号 图字:15-2017-166号

书　　名	有你的365天
分册书名	奇洛的圣诞演出
著　　者	[日]渡边裕美
译　　者	纪　鑫
出版发行	青岛出版社
社　　址	青岛市海尔路182号(266061)
本社网址	http://www.qdpub.com
邮购电话	0532-68068091
责任编辑	周　莉(邮箱:653306801@qq.com)
特约编辑	张姗姗
照　　排	青岛竖仁广告有限公司
印　　刷	青岛乐喜力科技发展有限公司
出版日期	2019年2月第1版　2023年2月第6次印刷
开　　本	32开(890mm×1240mm)
印　　张	18
字　　数	300千
书　　号	ISBN 978-7-5552-5733-2
定　　价	160.00元(全8册)

编校印装质量、盗版监督服务电话　4006532017　0532-68068050

本书建议陈列类别:儿童文学·桥梁书

致小读者

在故事中发现自己
在笑声中爱上自主阅读

儿童阅读推广人　周　莉

　　亲爱的小朋友,你手中这本图文搭配的书称为"桥梁书"。也许以前你主要是听爸爸妈妈讲图画书,现在,这座"桥梁"将会带你慢慢从图大、文字少的图画书过渡到文字更多的读物,你将会从"听"书慢慢过渡到自己真正地"读"书。

　　这套桥梁书的故事主人公——可爱的小白狗奇洛可绝对绝对不是完美小孩儿,相反,他完全就是一个小顽童的化身。

　　他顽皮淘气,会撒泼耍赖,喜欢搞小恶作剧,却也懂得知错就改;他积极乐观不服输,偶尔会有一点点自私,却也最懂得守护正义,并把快乐带给身边的人;他对美食毫无抵抗力,上台表演之前会紧张得不得了,但总能从朋友那里获得信心和勇气……

　　没错,奇洛就像你,像你的同学,像你的好朋友。他并不完美,却因此更加真实。读奇洛的故事,你能看到自己和小

伙伴的身影，你能读到自己羞于说出口的小心思，也一定会重新去认识陪伴在身边的家人和朋友——那些或快乐或忧伤的时刻，是他们给了我们温暖和力量。

奇洛的故事充满了想象力：贪吃的奇洛像气球一样飘到空中去历险，让人为他捏一把汗；下雨天，他和硕大的青蛙赛跑，玩儿得满身泥巴，使无聊的雨天变得妙趣横生；圣诞老人不但给孩子们送礼物，他的脑袋里还装满了超有挑战性的绕口令呢（是呀，是呀，你一定也盼望和圣诞老人来一场面对面的绕口令大赛吧）……

读这些好玩儿的故事，你会发现，咦，怎么不知不觉又看完了一本书？！是的，虽然桥梁书的文字比图画书的要多一些，但是阅读这样精彩的故事，又有漂亮的插图渲染氛围，慢慢地，你会发现自己读书并不是一件困难的事。

这样，你不再需要爸爸妈妈讲读，自己就能独立看书了。你可以按照自己的步调，读完一段文字，停下来欣赏欣赏插图；遇到陌生的词汇，停下来猜一猜它的意思；看到好玩儿的情节，先笑一会儿再说……我的阅读我做主，这是多棒的一件事呀！

愿你从奇洛的故事开始，发现独立阅读的乐趣，在浩瀚书海中尽情遨游！

· 有你的 365 天 ·

贪吃鬼历险记

[日]渡边裕美 / 著　　纪　鑫 / 译

小白狗奇洛与伙伴们在公园里友好、和睦地生活着。

炎热的夏天过去了,凉风习习,公园迎来了秋天。

秋天,是充满艺术气息的季节。

哈皮陶醉地演奏着吉他。

秋天,是适合运动的季节。巴乌瓦忙着跑马拉松,锻炼身体。

秋天，是让人容易回忆过去的季节。阿春婆婆沉醉在往事中。

秋天,是长老读书的季节。

秋天，竟然也是奇洛胃口大开的季节！

不知为什么，每到秋天，奇洛的肚子动不动就会饿，总想吃点儿什么。

秋天让奇洛变成了一个贪吃鬼。

瞧，哪怕是在玩泥巴丸子的时候，脑袋里想的也是各种好吃的！

一个，一个，又一个……
奇洛的泥巴丸子做好了。

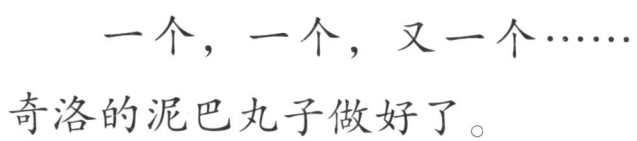

孩子们捡来五彩缤纷的叶子，还有橡子、松塔、树枝、木板。

把这些小玩意儿搭配得漂漂亮亮的,来一场沙坑里的美味大餐。

"看上去就好吃!"

"做得真棒!"

"那就赶快吃吧!"

"开吃啦——!"

啊呜啊呜,啊呜啊呜……大家假装大口大口地吃着。

小精灵们也围过来。

"咦——?"
"感觉身体变轻了!"

难道是大啃大嚼让身体里充满了空气?

大家的屁股都轻飘飘地浮了起来。

原来,是小精灵们施展了魔法!

太有趣了!调皮的小精灵们继续施展魔法。

这下,大家的身体都鼓得圆滚滚的,轻盈地飘到了空中。

大家划动手脚保持着平衡，向高空飞升上去。

"必须追上他们！"
长老很担心，赶紧动手挖掘埋在地下的热气球。

大家急急忙忙地做热气球升空的准备。

孩子们飘得越来越远了。长老跳进热气球，升空去追。

天空中,不知从哪儿飘来许多七彩气球,大家开心地玩儿了起来。

终于,长老乘着热气球追上了他们。

"总算追上了!大家都在吧?小一、小二、三娃、四娃、五郎……咦,奇洛怎么不见了?糟糕!"

奇洛跟大家飘散了,不知不觉飞到了很远的地方。

"等一下肯定会有人来接我的!"奇洛毫不在意地想。

"真想吃棉花糖啊!那是奶油点心吗?啊,冰激凌!蛋糕!水果软糖叽里咕噜滚过来了,嘿嘿哼哼……"

身后,乌云滚滚,正在慢慢逼近。

奇洛丝毫没有发现,依然悠闲自在地随风飘啊飘啊……

一转眼,乌云密布,天空中响起了轰隆隆的雷声!

奇洛吓得胆战心惊,他大声呼喊:"有人吗?救命啊——!"

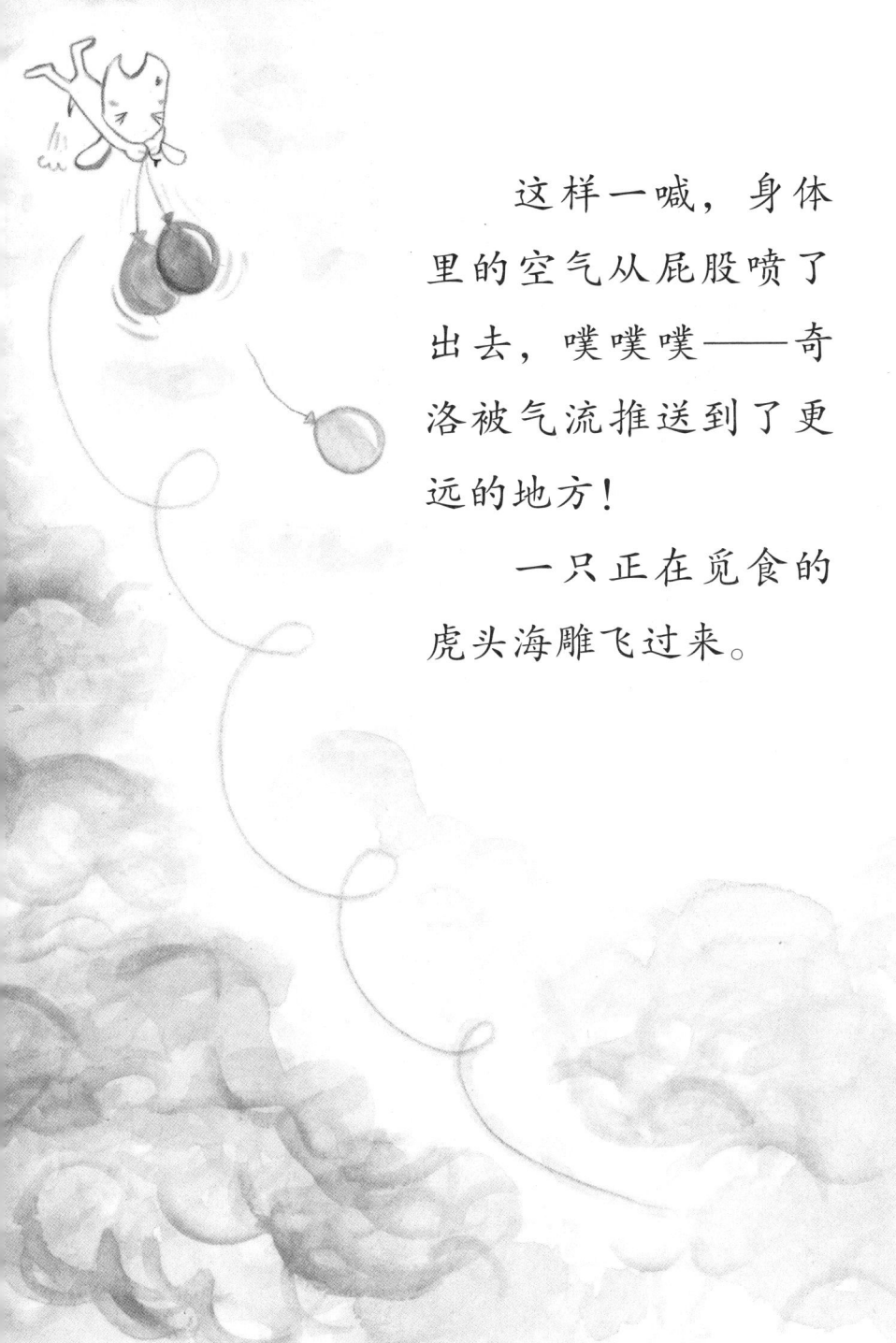

　　这样一喊，身体里的空气从屁股喷了出去，噗噗噗——奇洛被气流推送到了更远的地方！

　　一只正在觅食的虎头海雕飞过来。

"呀,那儿有猎物在飞!雨下大了,来得正好!"

虎头海雕张开利爪,紧紧抓住奇洛,飞快地回到了巢里。

虎头海雕端详着奇洛说:"从来没吃过小狗呢,应该很好吃吧?"

奇洛拼命地争辩:"不好吃,不好吃!根本就不能吃呀!吃了一定会闹肚子的,绝对、绝对不要吃呀!"

虎头海雕想了想。

"嗯……吃坏肚子的确很麻烦!哎呀,好累呀,我还是先睡会儿午觉吧!"

虎头海雕用双翅抱紧奇洛,睡着了。

奇洛被虎头海雕紧紧地抱住,根本没办法逃脱。

"呜……被海雕当成储存的食物了!不要哇!再也吃不到阿春婆婆做的红薯点心了!"

哎呀呀,这么危急的时刻,奇洛竟然还在琢磨着吃呢!

当然,他也在拼命地挣扎,想要逃出来。可是,除了尾巴,其他地方都动弹不得。

另一边,孩子们排出空气,身体瘪了下去,长老安排他们乘坐热气球返回了公园。

雨哗哗地下着,电闪雷鸣,这时候到空中去太危险了,只能等雨停了再去搜救奇洛。

大家担心极了,却束手无策。

小精灵来帮忙了!他们在一望无际的天空中飞来飞去,努力寻找奇洛。

他们发现了挂在树枝上的气球。气球下面有个海雕的巢。

一只虎头海雕正在午睡呢,他嘴里衔着的,正是奇洛总捏在手里的叶子呀!

那一刻,小精灵们都以为奇洛被吃掉了。

只是觉得好玩儿就施展了魔法,没想到因为粗心大意而弄丢了奇洛!现在小精灵们后悔极了。

想起奇洛的笑脸、雪白的小手小脚,还有可爱的小尾巴,小精灵们不禁泪流满面。

突然,一只小精灵发现海雕的羽毛缝隙中露出了奇洛的尾巴!

"啊——,是奇洛可爱的小尾巴!"

仔细一瞧,尾巴在不停地摇动呢!

"还活着!"

"奇洛没死!"

"有办法了!"

小精灵们跳进大海。

小精灵们捉住一条大鱼,抬到虎头海雕面前。

"请吃这条鱼吧!"

"请把奇洛还给我们!"

"拜托啦!"

虎头海雕睁开眼睛。

"噢——,还是鱼看起来更好吃,那就不吃小狗了吧!"

说着,虎头海雕放开了奇洛。

奇洛松了一口气,眼泪哗哗地流下来。

"太可怕了……谢谢你们来救我!让你们担心了,真对不起……呜——呜——"

小精灵们总算放下心来,累得一个个倒在奇洛身边。

吃完大鱼,虎头海雕说:"谢谢你们送的鱼!作为答谢,我送你们回去吧!来,都到我的背上来吧!"

奇洛和小精灵们骑在虎头海雕背上,回到了公园。

看到他们平安归来,大家又惊又喜。

"太好啦!太好啦!"

"以后可不能离开大家,自己走远哦!"长老叮嘱。

"来来来,准备吃点心喽!红薯点心马上就烤好了!"阿春婆婆说。

大家这才觉得,哎呀,肚子已经饿瘪啦!

阿春婆婆的红薯点心

1. 红薯削皮，切成适当的大小，用水浸泡片刻。

✳ 材料（10~15个量）

A
- 红薯　　500克
- 砂糖　　4大匙
- 蜂蜜　　3大匙
- 黄油　　50克
- 香精　　少量
- 朗姆酒　2大匙
- 牛奶　　100毫升

B
- 鸡蛋　蛋黄 1个
- 　　　蛋清 2个
- 肉桂粉　少量

2. 红薯置于沥水盆内，控净水分，放进稍大的锅里煮。

3. 煮熟后，控净汁液，将红薯回锅。趁热用木勺碾碎，加入材料A，充分搅拌。

✳ 上色材料 ✳
- 蛋黄　1个
- 味淋　1小匙

4.

将锅再坐上微火，加入材料B，进一步充分搅拌。感觉食材要从锅里溢出来时，熄火。

5.

冷却后，捏成形，盛入锡箔杯，用刷子在表面刷一层上色材料。

6.

烤箱调到230℃，烘烤20分钟就做好啦！

烹制的时候要有大人陪同哟！

故事大王小讲堂

刻画人物

这次,贪吃鬼奇洛竟然变得像气球一样,飞到了空中,差点儿被海雕吃掉!真是惊险的旅程!

读故事的时候,你是不是仿佛也来到了故事中,一会儿随奇洛在空中开心地飘呀飘,一会儿又为奇洛捏一把汗?

精彩的故事就是这样,能让读者产生身临其境的感觉,让读者感觉故事里的人物很生动,仿佛就站在自己面前一样。

"讲故事的时候,我也好想让大家随着我笑啊,闹啊。要是我一说什么,大家脑袋里立刻就能想象出来就好了。怎样能做到呢?"

教你一个小技巧——丰富地描绘。比如,给大家介绍故事主人公的时候,从不同的角度来描绘他。他是瘦瘦高高的，还是矮矮胖胖的？他有圆溜溜的大眼睛，还是细细的小眼睛？他说话的语气是怎样的？……从你详细的描述中，主人公的形象就在听众脑海中生动起来了。

《贪吃鬼历险记》这个故事刻画了小白狗奇洛贪吃的特点，说他总是在想着吃点儿什么，哪怕是做泥巴丸子的时候，脑袋里想的也是各种好吃的！飘到空中之后，看到云朵他也想象那是各种好吃的，就连跟大家飘散了，他也一点儿都不担心。这样的描述，让我们对奇洛这个"贪吃鬼"的形象印象非常深刻。

瞧，这个小技巧是不是很管用呀？赶快试一试吧。

儿童阅读推广人　周　莉

图书在版编目（CIP）数据

有你的365天.3,贪吃鬼历险记/(日)渡边裕美著;
纪鑫译. -- 青岛：青岛出版社, 2019.2
ISBN 978-7-5552-5733-2

Ⅰ.①有… Ⅱ.①渡…②纪… Ⅲ.①童话-作品集
-日本-现代 Ⅳ.①I313.88

中国版本图书馆CIP数据核字(2018)第054861号

KOUEN NO SHIRO KUISHINBOU NO AKI
by Hiromi Watanabe
copyright © 2005 Hiromi Watanabe
All rights reserved.
Original Japanese edition published in 2005 by POPLAR Publishing Co., Ltd.
Simplified Chinese translation rights arranged with POPLAR Publishing Co., Ltd.
through Beijing Kareka Consultation Center.

山东省版权局著作权合同登记号　图字：15-2017-166号

书　　　名	有你的365天
分册书名	贪吃鬼历险记
著　　　者	[日]渡边裕美
译　　　者	纪　鑫
出版发行	青岛出版社
社　　　址	青岛市海尔路182号（266061）
本社网址	http://www.qdpub.com
邮购电话	0532-68068091
责任编辑	周　莉（邮箱：653306801@qq.com）
特约编辑	张姗姗
照　　　排	青岛竖仁广告有限公司
印　　　刷	青岛乐喜力科技发展有限公司
出版日期	2019年2月第1版　2023年2月第6次印刷
开　　　本	32开（890mm×1240mm）
印　　　张	18
字　　　数	300千
书　　　号	ISBN 978-7-5552-5733-2
定　　　价	160.00元（全8册）

编校印装质量、盗版监督服务电话　4006532017　0532-68068050

本书建议陈列类别：儿童文学·桥梁书

致小读者

在故事中发现自己
在笑声中爱上自主阅读

儿童阅读推广人　周　莉

亲爱的小朋友，你手中这本图文搭配的书称为"桥梁书"。也许以前你主要是听爸爸妈妈讲图画书，现在，这座"桥梁"将会带你慢慢从图大、文字少的图画书过渡到文字更多的读物，你将会从"听"书慢慢过渡到自己真正地"读"书。

这套桥梁书的故事主人公——可爱的小白狗奇洛可绝对绝对不是完美小孩儿，相反，他完全就是一个小顽童的化身。

他顽皮淘气，会撒泼耍赖，喜欢搞小恶作剧，却也懂得知错就改；他积极乐观不服输，偶尔会有一点点自私，却也最懂得守护正义，并把快乐带给身边的人；他对美食毫无抵抗力，上台表演之前会紧张得不得了，但总能从朋友那里获得信心和勇气……

没错，奇洛就像你，像你的同学，像你的好朋友。他并不完美，却因此更加真实。读奇洛的故事，你能看到自己和小伙伴的身影,你能读到自己羞于说出口的小心思,也一定会重新去认识陪伴在身边的家人和朋友——那些或快乐或忧伤的时刻,是他们给了我们温暖和力量。

奇洛的故事充满了想象力:贪吃的奇洛像气球一样飘到空中去历险,让人为他捏一把汗;下雨天,他和硕大的青蛙赛跑,玩儿得满身泥巴,使无聊的雨天变得妙趣横生;圣诞老人不但给孩子们送礼物,他的脑袋里还装满了超有挑战性的绕口令呢(是呀,是呀,你一定也盼望和圣诞老人来一场面对面的绕口令大赛吧)……

读这些好玩儿的故事,你会发现,咦,怎么不知不觉又看完了一本书?!是的,虽然桥梁书的文字比图画书的要多一些,但是阅读这样精彩的故事,又有漂亮的插图渲染氛围,慢慢地,你会发现自己读书并不是一件困难的事。

这样,你不再需要爸爸妈妈讲读,自己就能独立看书了。你可以按照自己的步调,读完一段文字,停下来欣赏欣赏插图;遇到陌生的词汇,停下来猜一猜它的意思;看到好玩儿的情节,先笑一会儿再说……我的阅读我做主,这是多棒的一件事呀!

愿你从奇洛的故事开始,发现独立阅读的乐趣,在浩瀚书海中尽情遨游!

·有你的365天·

我想变成一颗星

［日］渡边裕美/著   纪 鑫/译

小白狗奇洛和四个伙伴住在公园里，他们组成汪汪巡逻队，一起守护着公园。

明天就是七夕节了,七夕节又叫星星祭,大家正在公园里做准备呢!

奇洛和孩子们做了几条长长的彩色纸环链。

　　阿春婆婆用彩纸做了各种各样的饰物。哈皮也想学着做，可怎么也做不好。

　　巴乌瓦正在插细竹。

　　长老从几天前就开始忙着制作带有彩纸流苏的花绣球。

　　现在,看着这些漂亮的花绣球,长老满意地笑了。

小精灵们带着花绣球飞来飞去。

孩子们欢笑着围过来："啊——，真像流星！"

长老很开心,忍不住想开个玩笑。

他一本正经地说:"嗯……呵呵呵……真怀念那个时候啊!"

"什么？什么？"

"那个时候？是哪个时候啊？"

"说给我们听听吧！"

孩子们叽叽喳喳地说着，围到长老身边。

"那是很——久很久以前的事情啦……"长老打开了话匣子。

有一天,模样极像这花绣球的彗星群来到了地球。

几百万颗星星啊,一起降落到了地球!

从七夕节的夜里开始,连续三天,星星们一直闪闪发光,闪闪发光……

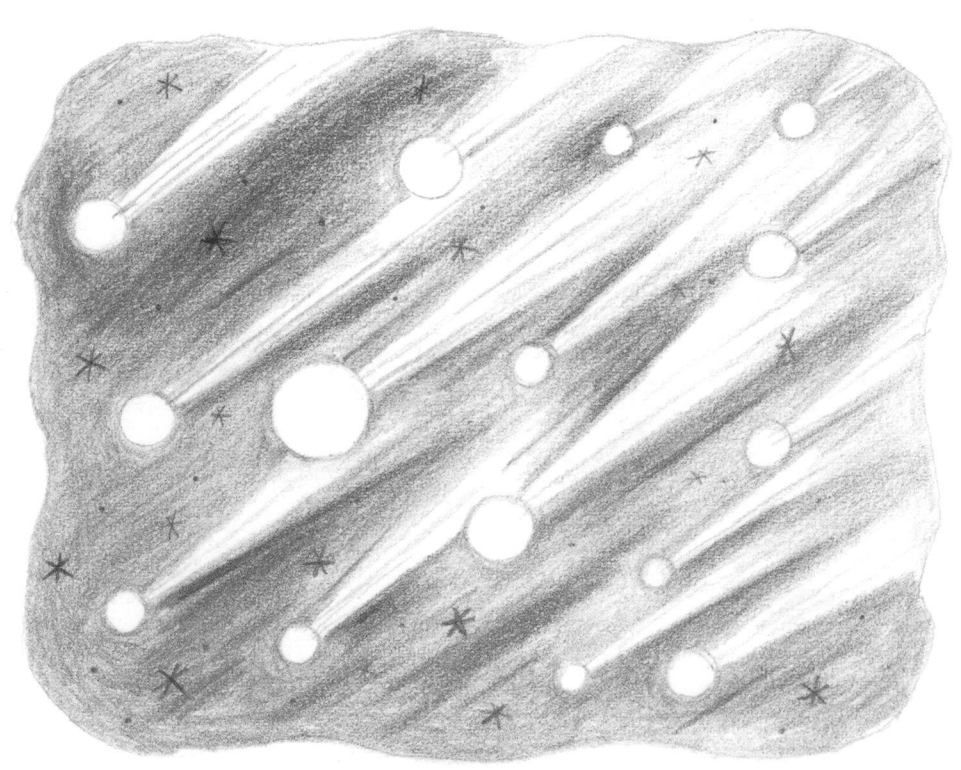

为什么这么多颗星星一起来到地球呢？原来，彗星们在太空中发现了地球，觉得这颗星球好美呀，就决定来看看。

来到地球的彗星散落到四面八方,它们变成了各种各样的动物,生活在世界各地——这下可以理解为什么动物们都有尾巴了吧?

其实，我们也是降落到地球上的星星变的。来地球之前，我们就像花绣球那样，拖着飘逸的长尾巴，在宇宙中翱翔……

听了长老讲的故事,孩子们信以为真,一个个目瞪口呆。

而最感到意外的，就数奇洛了。

"怎、怎么会……？我……哦……以前我是星星？！"

"来来来,大家来写下心愿吧,祈愿神明让我们的愿望快快实现!"阿春婆婆赶紧笑着转移话题。

巴乌瓦摆开五颜六色的心愿符,哈皮演奏起欢快的七夕之歌。

孩子们坐在桌边,想着各自的愿望。

可奇洛完全心不在焉,他嘀嘀咕咕地踱着步子走开了。

"我……我以前是星星……在天上闪闪发光……拖着长——长的尾巴飞翔……"

"在宇宙中翱翔的星星……那是什么感觉呢？肯定是一颗耀眼的明星！闪闪发光，嗖——！嗖——！闪闪发光，嗖——！是颗小星星！"

奇洛这样想着，不禁绕着喷泉水池飞快地跑了起来，一圈又一圈。

他努力想回忆起当星星的时光，可脑袋里一片空白。

奇洛停下脚步，对着天空大声喊道："我以前是什么模样啊？神明啊——请告诉我吧——"

不一会儿，五张长条纸片从天空中忽忽悠悠地飘落下来。

"咦，什么呀？"

是五彩心愿符。

纸片刚接近地面就"呼"地燃烧起来,变成了非常可怕的动物模样。

"七夕节我很忙的!你想知道点儿什么呀?"猛虎说着,脸庞突然放大。

"哇!"奇洛吓得倒在地上。

"别怕！"神龟的脖子弯弯绕绕地伸长，脸凑过来，吐出长长的舌头，舔着奇洛的脸。

"不要——不要哇！哇——！"奇洛不由得大哭起来。

"不要哭,快瞧!"伴随着清脆的声音,长着翅膀的金马衔来一串枣子,看上去很好吃。

其他四位也纷纷塞给奇洛各种果子。

他们自称是能实现七夕节心愿的神明。

奇洛接过好吃的果子,一边嚼着一边偷偷观察他们。

这些果子都好吃极了!

奇洛慢慢放松下来。

"那么,赶紧说说你的心愿吧!"威龙亲切地说。

"嗯……那个……请让我回忆起……回忆起我还是一颗星星时发生的那些事儿吧……"

奇洛一边说一边大嚼特嚼。

"哦——哈哈！你是星星？！"火鸟爽朗地笑起来。

金马和蔼地说："要想记起那时候的事情，就去宇宙看看吧！"

神龟轻轻抱起奇洛，把他放到金马的背上。

金马驮着奇洛飞了起来,其他神明也腾空而起。

奇洛一句话也不敢说,紧紧地闭着眼睛,贴在马背上。

咦,身体怎么变得轻飘飘的?原来奇洛已经来到了宇宙中。

"快看,到了!"只能听到神明的声音,却哪儿也不见他们的身影。

"各位神明,你们在哪儿啊?"奇洛慌张地大声喊。

"我们变成星星了,就在你身边呢!"

"别怕!"

"不用担心!"

"快看看周围吧!"

奇洛环顾四周。

"啊!原来这就是银河呀!"

数不清的星星在脚下闪烁。奇洛从没见过这样的美景!

忽然,对面两颗硕大的星星变成了人的模样,闪闪发光。

"那是织女星和牛郎星!"

"这对夫妻只能在每年的七夕夜晚变回人的模样,相见一次!"

"真浪漫!"

神明说:"看,那就是地球!"

"多美的星球哇!"

奇洛这才明白，原来眼前那颗蔚蓝的星球就是地球。

"真漂亮……这么美的地球，我还是第一次见呢！我是星星的时候，一定是因为十分向往地球才去了那里吧？肯定是这样。多漂亮的星球哇……"奇洛看得出了神。

"我曾经是颗小星星……虽然那时候的事情一点儿也记不起来了,但是没关系,眼前美丽的地球上,有可爱的伙伴们,而且我今后还会与伙伴

们继续在这颗美丽的星球上生活。"想到这里,奇洛觉得好开心哪!

"我爱那颗漂亮的星星!"这样想着,奇洛眼前渐渐模糊起来……

"哎，奇洛……"

听到呼唤，奇洛猛地回过神来，发现自己正坐在公园的桌子旁。

长老早已经把刚才编的故事抛到了脑后，他问："奇洛，你的心愿是什么呀？"

"咦，我什么时候到这儿来了？"

"你一直和我们在一起呀！"长老回答。

"长老，这可是神明啊！"奇洛指着长条纸惊呼。

"这是五彩心愿符啊，奇洛！"长老笑着纠正。

"不,它们从天上掉下来,'呼'的一下燃烧起来,变成神明了呀!"

奇洛着急地坐直了身子。

"嗯?"长老听不懂奇洛在说什么。

孩子们都在兴高采烈地往竹枝上挂饰物,可奇洛有一肚子话要对长老说,有无数个问题想请教长老。

长老一头雾水,只好认真倾听奇洛讲述。毕竟,奇洛是听了他编的故事,才像说梦话似的,说些奇怪的话。

……然后我哭了,因为刚开始的时候很害怕嘛!后来,神明们给我非常非常好吃的果子,我就不再哭了……还带我去了宇宙。骑着金马,嗖——就飞走了。火鸟、威龙、神龟、猛虎,都会飞!他们在宇宙里都变成了星星。周围有那么多星星,还有织女姑娘和牛郎哥哥呢!

虽然我完全记不起自己曾经是颗星星,可我发现地球蔚蓝蔚蓝的,真是太漂亮啦!长老,您还记得吗?我是颗什么样的星星?阿春婆婆呢?哈皮、巴乌瓦呢?我是不是发着光,飞得特帅?……我们什么时候还能再变成星星啊?

明天就是七夕节了,孩子们带着憧憬回家了。

阿春婆婆他们也来到了奇洛身边,一起听他讲述这神奇的经历。

"奇洛呀,就算你以前是星星,可现在你就是你,是可爱的小白狗奇洛呀!"阿春婆婆说。

"对!我生活在这么美丽的地球上,还有这么多好朋友!"奇洛说完,开心地在五彩心愿符上写下了自己的愿望。

- 交许许多多朋友！
- 足球运动员
- 公园生活幸福快乐 阿春婆婆
- 更加强大 巴鸟瓦
- 成为大富翁
- 希望地球永远美丽
- 明星
- 梦想成真
- 世界和平
- 健康第一
- 合格
- 七夕 得第一名
- 飞上天空
- 朋友多多
- 本垒打

夜深了。五个伙伴仰望美丽的星空。

大家许下了各自的心愿。

"希望我们的心愿都能实现!"

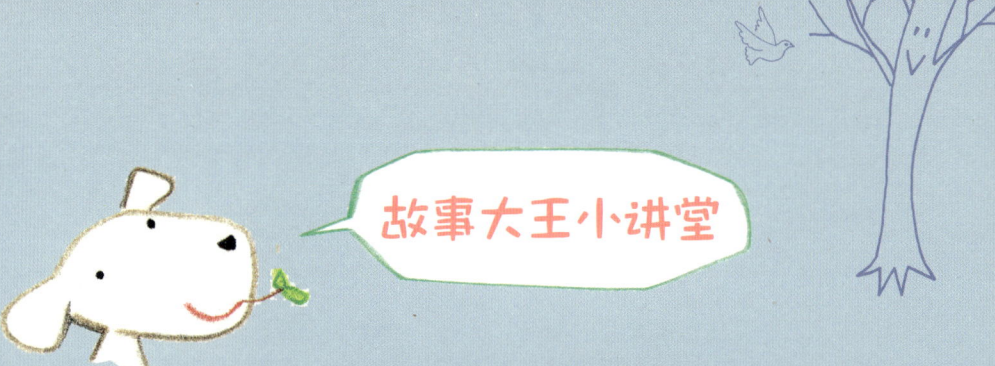

在《我想变成一颗星》这个故事里，奇洛想象自己变成一颗星星，他飞到银河系，从宇宙中遥望地球，发现地球竟然是一颗那么美丽的蓝色星球！

这种经历真让人向往啊！你上次许愿是在什么时候？你的愿望是什么呢？

什么？你已经忘了？！

哦，可以理解，毕竟，小朋友的小脑瓜超级活跃，不一定什么时候就会冒出千奇百怪的鬼点子。

在故事里，长老说他们是星星变来的，孩子们虽然也很吃惊，但他们转身就把这件事抛到脑后了。奇洛可不是这样，他一直念念不忘，最后竟然经历了一次难忘的星空之旅。

你的脑袋里会不时冒出各种稀奇古怪的想法,有的可能一转身就忘记了,有的可能几天之后就一点印象都没有了。其实这些都是你构思故事的好素材呢,找一个专门的笔记本,把这些充满想象力的好点子记下来吧。

随时随地记录有点儿难度？不妨试试写日记。

每晚把一天中有趣的、特别的事情记录下来,把那些与众不同的想法写下来。经常翻翻看看,在脑海中回放那些美好的、特别的时光,不但能在心中升起满满的正能量,而且构思故事的时候根本不会因为"不知道该说什么"而绞尽脑汁。

愿你一点一滴珍藏童年的美好时光！

儿童阅读推广人　　周　莉

图书在版编目（CIP）数据

有你的365天·6，我想变成一颗星/(日)渡边裕美著；纪鑫译. — 青岛：青岛出版社，2019.2
ISBN 978-7-5552-5733-2

Ⅰ.①有… Ⅱ.①渡…②纪… Ⅲ.①童话–作品集–日本–现代 Ⅳ.①I313.88

中国版本图书馆CIP数据核字(2018)第054872号

KOUEN NO SHIRO HOSHIMATSURI
by Hiromi Watanabe
copyright © 2006 Hiromi Watanabe
All rights reserved.
Original Japanese edition published in 2006 by POPLAR Publishing Co., Ltd.
Simplified Chinese translation rights arranged with POPLAR Publishing Co., Ltd.
through Beijing Kareka Consultation Center.

山东省版权局著作权合同登记号　图字：15-2017-166号

书　　名	有你的365天
分册书名	我想变成一颗星
著　　者	[日]渡边裕美
译　　者	纪　鑫
出版发行	青岛出版社
社　　址	青岛市海尔路182号（266061）
本社网址	http://www.qdpub.com
邮购电话	0532-68068091
责任编辑	周　莉（邮箱：653306801@qq.com）
特约编辑	张姗姗
照　　排	青岛竖仁广告有限公司
印　　刷	青岛乐喜力科技发展有限公司
出版日期	2019年2月第1版　2023年2月第6次印刷
开　　本	32开（890mm×1240mm）
印　　张	18
字　　数	300千
书　　号	ISBN 978-7-5552-5733-2
定　　价	160.00元（全8册）

编校印装质量、盗版监督服务电话　4006532017　0532-68068050

本书建议陈列类别：儿童文学·桥梁书

致小读书

在故事中发现自己
在笑声中爱上自主阅读

儿童阅读推广人　周　莉

亲爱的小朋友，你手中这本图文搭配的书称为"桥梁书"。也许以前你主要是听爸爸妈妈讲图画书，现在，这座"桥梁"将会带你慢慢从图大、文字少的图画书过渡到文字更多的读物，你将会从"听"书慢慢过渡到自己真正地"读"书。

这套桥梁书的故事主人公——可爱的小白狗奇洛可绝对绝对不是完美小孩儿，相反，他完全就是一个小顽童的化身。

他顽皮淘气，会撒泼耍赖，喜欢搞小恶作剧，却也懂得知错就改；他积极乐观不服输，偶尔会有一点点自私，却也最懂得守护正义，并把快乐带给身边的人；他对美食毫无抵抗力，上台表演之前会紧张得不得了，但总能从朋友那里获得信心和勇气……

没错，奇洛就像你，像你的同学，像你的好朋友。他并不完美，却因此更加真实。读奇洛的故事，你能看到自己和小伙伴的身影，你能读到自己羞于说出口的小心思，也一定会重新认识陪伴在身边的家人和朋友——那些或快乐或忧伤的时刻，是他们给了我们温暖和力量。

奇洛的故事充满了想象力：贪吃的奇洛像气球一样飘到空中去历险，让人为他捏一把汗；下雨天，他和硕大的青蛙赛跑，玩儿得满身泥巴，使无聊的雨天变得妙趣横生；圣诞老人不但给孩子们送礼物，他的脑袋里还装满了超有挑战性的绕口令呢（是呀，是呀，你一定也盼望和圣诞老人来一场面对面的绕口令大赛吧）……

读这些好玩儿的故事，你会发现，咦，怎么不知不觉又看完了一本书?！是的，虽然桥梁书的文字比图画书的要多一些，但是阅读这样精彩的故事，又有漂亮的插图渲染氛围，慢慢地，你会发现自己读书并不是一件困难的事。

这样，你不再需要爸爸妈妈讲读，自己就能独立看书了。你可以按照自己的步调，读完一段文字，停下来欣赏欣赏插图；遇到陌生的词汇，停下来猜一猜它的意思；看到好玩儿的情节，先笑一会儿再说……我的阅读我做主，这是多棒的一件事呀！

愿你从奇洛的故事开始，发现独立阅读的乐趣，在浩瀚书海中尽情遨游！

·有你的365天·

特别的朋友

[日]渡边裕美/著　　纪　鑫/译

小白狗奇洛生活在公园里,他与伙伴们组成汪汪巡逻队,守护着公园。

春天到了。
今天是节分(立春的前一天)。

大家都在为撒豆驱鬼仪式做准备。

今年,红鬼、蓝鬼都要来。

奇洛正在哼着歌制作鬼面具。

"红——鬼先生，蓝——鬼先生，白——鬼奇洛！噜噜噜啦……"

今天就能见到红鬼和蓝鬼了，奇洛好期待呀！

"OK！做好啦！"

奇洛很想成为一只威力无穷的鬼。

戴上面具,瞬间就觉得自己变强大了。

"嗷呜——"奇洛努力使自己的吼声听起来很可怕。

"面具做得不错嘛,奇洛!"

"真的哦,面具真漂亮!"

巴乌瓦和阿春婆婆对奇洛的面具赞不绝口,却一点儿都没有害怕的样子。

"真是的!我可是鬼呀!你们应该害怕才对嘛!"奇洛失落地说。

小屋里,长老、哈皮和小精灵们正在忙着呢,奇洛又一阵风似的闯进去吓唬大家。

可大家毫不在意，依然笑眯眯的。

奇洛很失望。

"唉！难道我这个面具做得不像吗？"奇洛问长老和哈皮。

"为什么这样问？你做得很棒啊！"

"是呀是呀，奇洛，你真是个做面具的小能手！"

可是，这并不能安慰奇洛，他还是不太开心。

孩子们的嬉笑声从外面传来。

"好——嘞!这次一定要吓唬吓唬他们!"

奇洛戴上面具,猛地冲了出去。

奇洛刚冲出去,就听到远处传来了"咚咚咚"的脚步声。声音那么响,震得地面抖啊抖,飞扬的沙尘转眼就来到了面前。

真正的鬼太可怕了!

奇洛和孩子们吓得几乎要哭了。

"太好啦！太好啦！没迟到呢！"红鬼咧着嘴说。

"咦，大家怎么了？"看着孩子们打转的泪珠，蓝鬼连忙逗他们，"别怕，别怕，笑一笑，笑一笑嘛！"

两只鬼轻松又欢快地自顾自地说起来——

"来啦来啦,总算来啦!"
"谁来了?妈妈来了?"
"不对,不对!我是说节分来了!"
"那就好。我还以为是妈妈又来唠叨呢!那么,再见喽!"

"你去哪儿啊?不是马上要撒豆驱鬼了吗?"

"啊,对对对!咱们是来吃豆子的!"

"说什么呀?咱俩还有要紧的活儿得干呢!"

"要紧的活儿?什么呀?"

"我说红鬼呀,你可真得用点儿心了!"

"怎么了?你这话听起来就像妈妈的唠叨一样!"

"你忘了?听到'鬼出去',看到豆子扔过来的时候,咱们得赶紧逃哇!"

"不就是逃跑嘛!明白!"

"你真的能做好?"

"这个嘛……逃跑之前先逗大家笑笑可以吗?"

"不行,不行!"

"那……先吃点儿豆子再逃跑可以吗?"

"也不行啊!"

两只鬼你一言我一语,像在说相声似的。慢慢地,大家都不再害怕了。

奇洛来到两只鬼面前,说:
"我也做你们的伙伴吧!"
"讲笑话的伙伴吗?"蓝鬼问。

"不是讲笑话。我呀,我想变得像鬼先生那么强大,去吓唬大家!"奇洛说着,戴上面具。

两只鬼非常喜欢奇洛的面具。他们捧起奇洛,手舞足蹈地说:"噢!噢!可爱的小伙伴!"

不一会儿,大家都分到了豆子。

两只鬼豪爽地说:"不必客气,尽管把豆子用力撒过来吧!"

听说要撒豆驱鬼,一群鸽子从天空中围了过来。

小精灵们按计划飞上天空。

为了防止鸽子抢豆子,小精灵们拉起写有"禁止入内"的警戒线,拦着它们。

"鬼出去,福进来!"长老一边抛撒豆子一边高声喊。

大家也跟着喊:"鬼出去,福进来!"

两只鬼一边假装逃跑,一边把飞过来的豆子迅速吸进嘴巴里。

"啊呜,啊呜!真香,真香!"

奇洛假扮成白鬼,"嗷呜——嗷呜——"地吼着。

那么多豆子,可鸽子们只能眼巴巴地看着。

　　它们慢慢变得急躁起来——这样下去,最爱吃的豆子就被两只鬼全吃光啦!

　　鸽子们盯上了大家手里的豆子。

忽然,空中传来小精灵们的一声声尖叫。

不好!鸽子们撞翻了小精灵,正向地面俯冲下来!

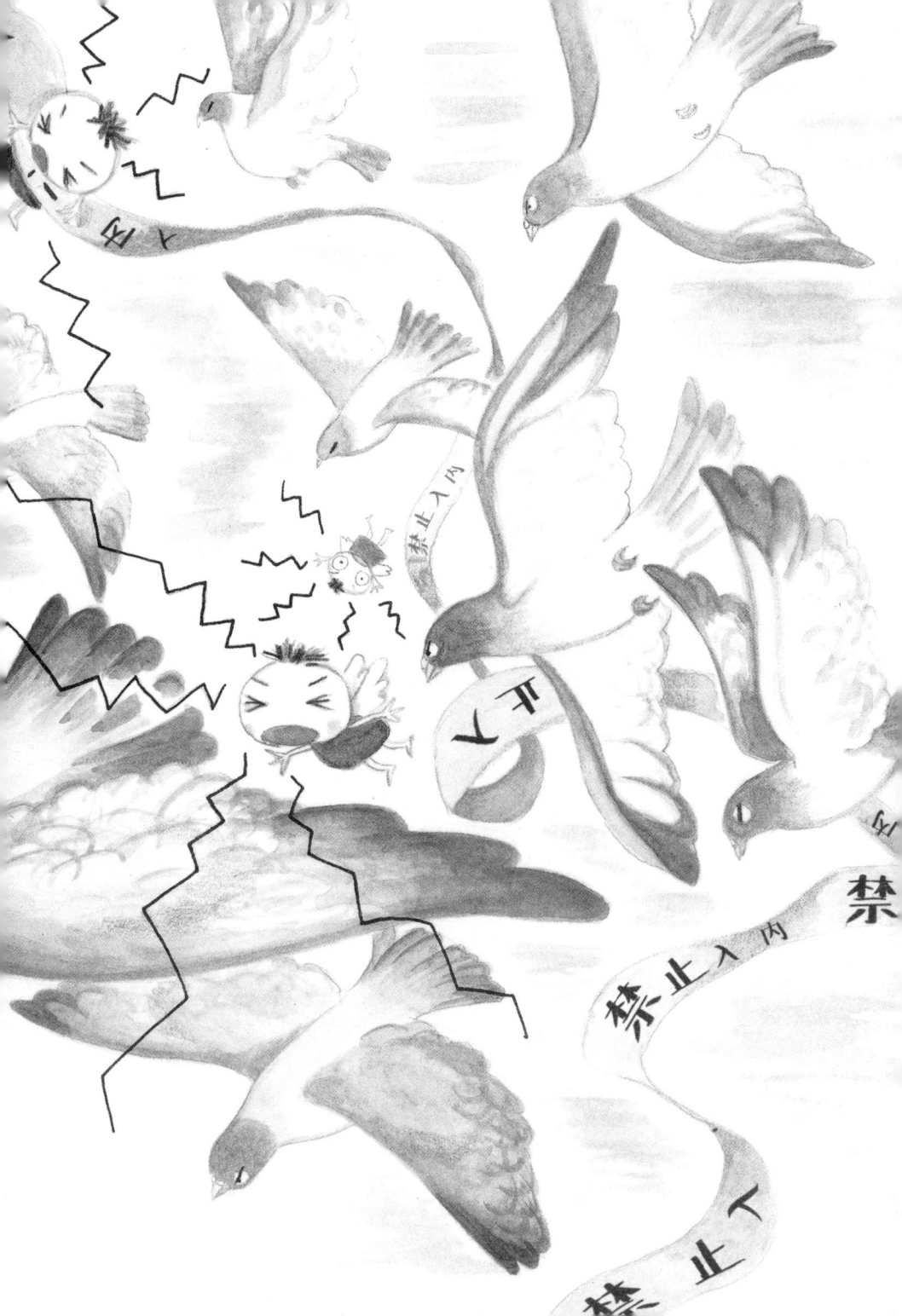

"危险!"

大家保护着孩子们,就地伏倒。

红鬼和蓝鬼张大嘴巴,大口大口地吸气。

贪吃的鸽子敌不过这股强大的气流,一只接一只地

被两只鬼吸进了嘴巴里。

"刚才真危险!"

"这下好了!"

"谢谢鬼先生!"

大家都没有受伤,高兴地向两只鬼道谢。

可是,看到鸽子全被吃掉,奇洛伤心极了。

"竟然把鸽子都吃掉了!简直太过分了!"奇洛说着,把鬼面具狠狠地摔在地上。

奇洛说得有道理……大家都安静下来。

红鬼和蓝鬼紧紧地闭着嘴巴。他们的腮帮鼓鼓的,红鬼眼睛里还涌出了泪水。

难道……?有办法了!

小精灵们施展魔法,变出一个巨大的鸟笼。

红鬼和蓝鬼慢吞吞地站起来,托着大肚子,走进鸟笼里。

他们关上门，嘴巴大大地张开。
神奇的事情发生了——
鸽子们从两只鬼的嘴巴里飞了出来！

红鬼和蓝鬼走出鸟笼,说:"啊——,这下轻松了!"

"请没礼貌的鸽子在鸟笼里待一会儿吧!"

奇洛捡起摔在地上的面具,重新戴上,向红鬼和蓝鬼道歉:

"原来你们没有把鸽子吃掉呀!对不起,我刚才那样责备你们,太不应该了!"

红鬼抱起奇洛,说:"白鬼奇洛有一副好心肠,一定会成为最——强大的鬼!"

"真的吗?"奇洛问道。

"当然,当然!可是,以为吓唬到别人就是强大,那可就大错特错啦!"蓝鬼说。

"我们俩可从来没想过要吓唬谁!"

"我们不想看到哭脸,最喜欢看大家的笑脸!"

红鬼和蓝鬼说着,互相看看对方:"不过,咱们的模样确实挺吓人的!"

"可是,我很喜欢你们哪!"奇洛叫道。

孩子们也围过来,说:"是呀,是呀!"

两只鬼不好意思地笑了,咕哝着一些不知所云的俏皮话:

"吝啬鬼、淘气鬼、机灵鬼……"

"鬼点子、鬼主意、鬼把戏……哎呀,说了些啥呀?"

大家被逗得哈哈大笑。

"笑门开，幸福来呀！"长老感慨。

"来，一起撒豆子吧！"阿春婆婆说着，把豆子递给奇洛和两只鬼。

"鬼也来！福也来！"一个小男孩儿喊着。

大家一起抛撒着福豆。
"鬼也来！福也来！"

节 分

节分指的是正好处于季节分界线的那一天。

另外,每个季节开始的日子分别称为立春、立夏、立秋、立冬。

人们认为,立春是新一年的开始,立春前一天的节分日则是上一年的终结。

哦,原来是这样!

撒豆驱鬼

鬼也来！

中国古代的人们认为鬼怪会带来灾祸，朝鬼怪投掷豆子，可以驱赶他们，所以在立春前的节分日要举行撒豆驱鬼仪式。后来，这个习俗从中国传到了日本。人们一边说"鬼出去，福进来"，一边撒豆子，并祈祷来年健健康康。

在古代日本，鬼是家里的保护神，被亲切地称为"鬼神老爷"。有些地区至今仍旧保留着这种观点，撒豆子时要说"福也来，鬼也来"。

故事大王小讲堂

持之以恒地练习

亲爱的小朋友,你看过魔术表演吗?

充满神秘气息的舞台上,魔术师用几个简单的动作就能用平常的事物变出一个个神奇的戏法儿:向空中一伸手,变出一束花,一甩手,花儿消失,手中出现了一个水晶球!

"哇——"观众们被这神奇的魔法吸引,目不转睛地看着,好担心一眨眼就会错过精彩的一幕;大脑也在飞快地运转,猜测着:"接下来会有怎样的惊喜呢?"

精彩的故事也是这样,在一个特别的情景,或故事发展到高潮时,突然卖个关子,做出悬念,读者就会被吸引,迫不及待地读下去。

《特别的朋友》这个故事中,蓝鬼和红鬼把

鸽子们吸到嘴巴里,奇洛生气了,我们也着急万分:鸽子们是不是真的被吃掉了?于是迫不及待地往后读。

好故事就是有这种吸引读者读下去的魔法。

"可怎样才能把故事讲得这么吸引人呢?"

哦,那你觉得,魔术师天衣无缝的表演是很轻松就能做到的吗?当然不是,对吧?上台表演前,魔术师一定经过了无数次练习。他肯定失败过,也漏洞百出过。但他持之以恒地练习,终于可以在舞台上熟练地展示他绝妙的魔法了!

相信我,一个个字词也许很简单,但只要多多练习,掌握了文字的魔法,你一定能讲出令人喝彩的故事!加油!

儿童阅读推广人　周 莉

图书在版编目(CIP)数据

有你的365天·5,特别的朋友/(日)渡边裕美著;
纪鑫译.— 青岛:青岛出版社,2019.2
ISBN 978-7-5552-5733-2

Ⅰ.①有… Ⅱ.①渡…②纪… Ⅲ.①童话-作品集-
日本-现代 Ⅳ.①I313.88

中国版本图书馆CIP数据核字(2018)第054868号

KOUEN NO SHIRO MAMEMAKI
by Hiromi Watanabe
copyright © 2005 Hiromi Watanabe
All rights reserved.
Original Japanese edition published in 2005 by POPLAR Publishing Co., Ltd.
Simplified Chinese translation rights arranged with POPLAR Publishing Co., Ltd.
through Beijing Kareka Consultation Center.

山东省版权局著作权合同登记号　图字:15-2017-166号

书　　名	有你的365天
分册书名	特别的朋友
著　　者	[日]渡边裕美
译　　者	纪鑫
出版发行	青岛出版社
社　　址	青岛市海尔路182号(266061)
本社网址	http://www.qdpub.com
邮购电话	0532-68068091
责任编辑	周　莉(邮箱:653306801@qq.com)
特约编辑	张姗姗
照　　排	青岛竖仁广告有限公司
印　　刷	青岛乐喜力科技发展有限公司
出版日期	2019年2月第1版　2023年2月第6次印刷
开　　本	32开(890mm×1240mm)
印　　张	18
字　　数	300千
书　　号	ISBN 978-7-5552-5733-2
定　　价	160.00元(全8册)

编校印装质量、盗版监督服务电话　4006532017　0532-68068050

本书建议陈列类别:儿童文学·桥梁书